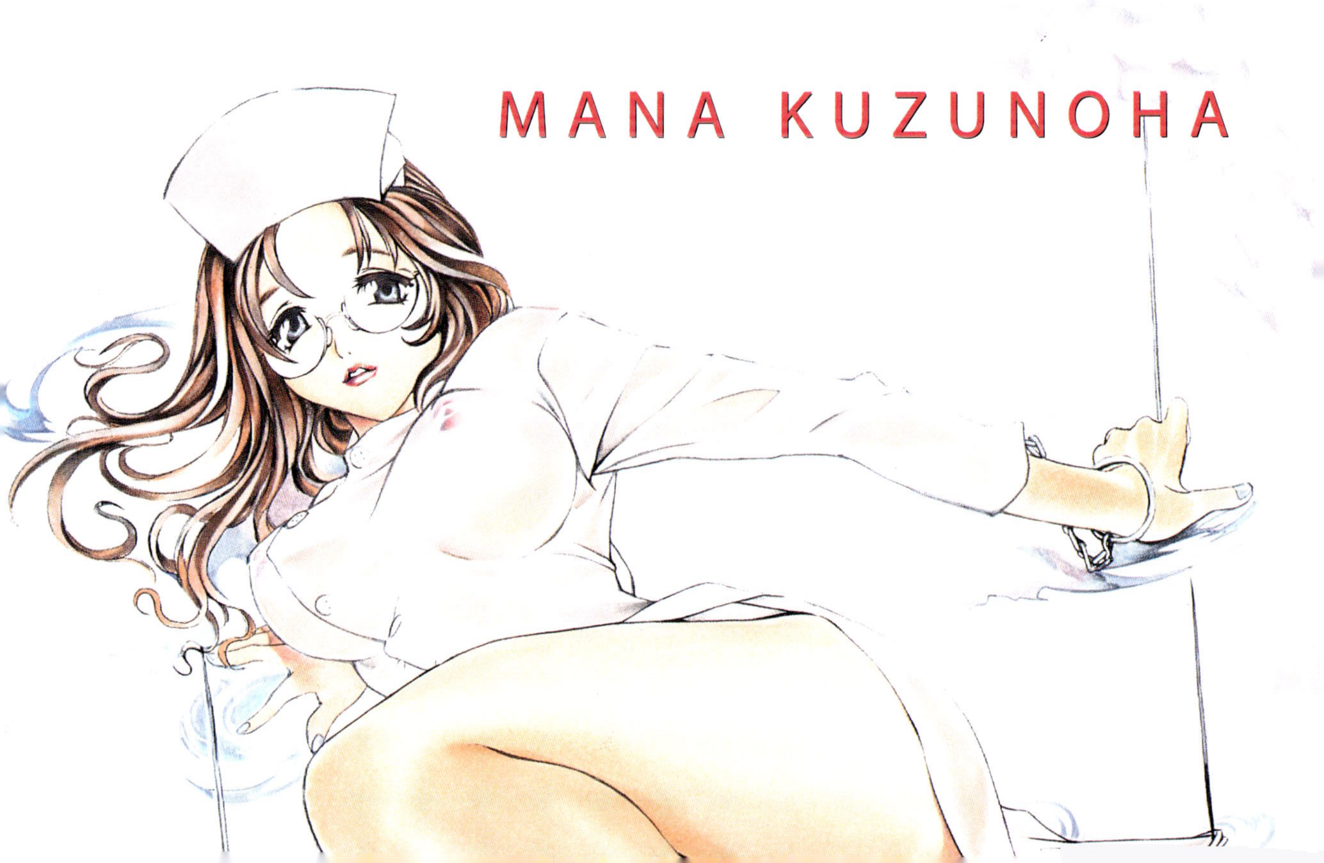
MANA KUZUNOHA

MITSUOMI TAKAYANAGI

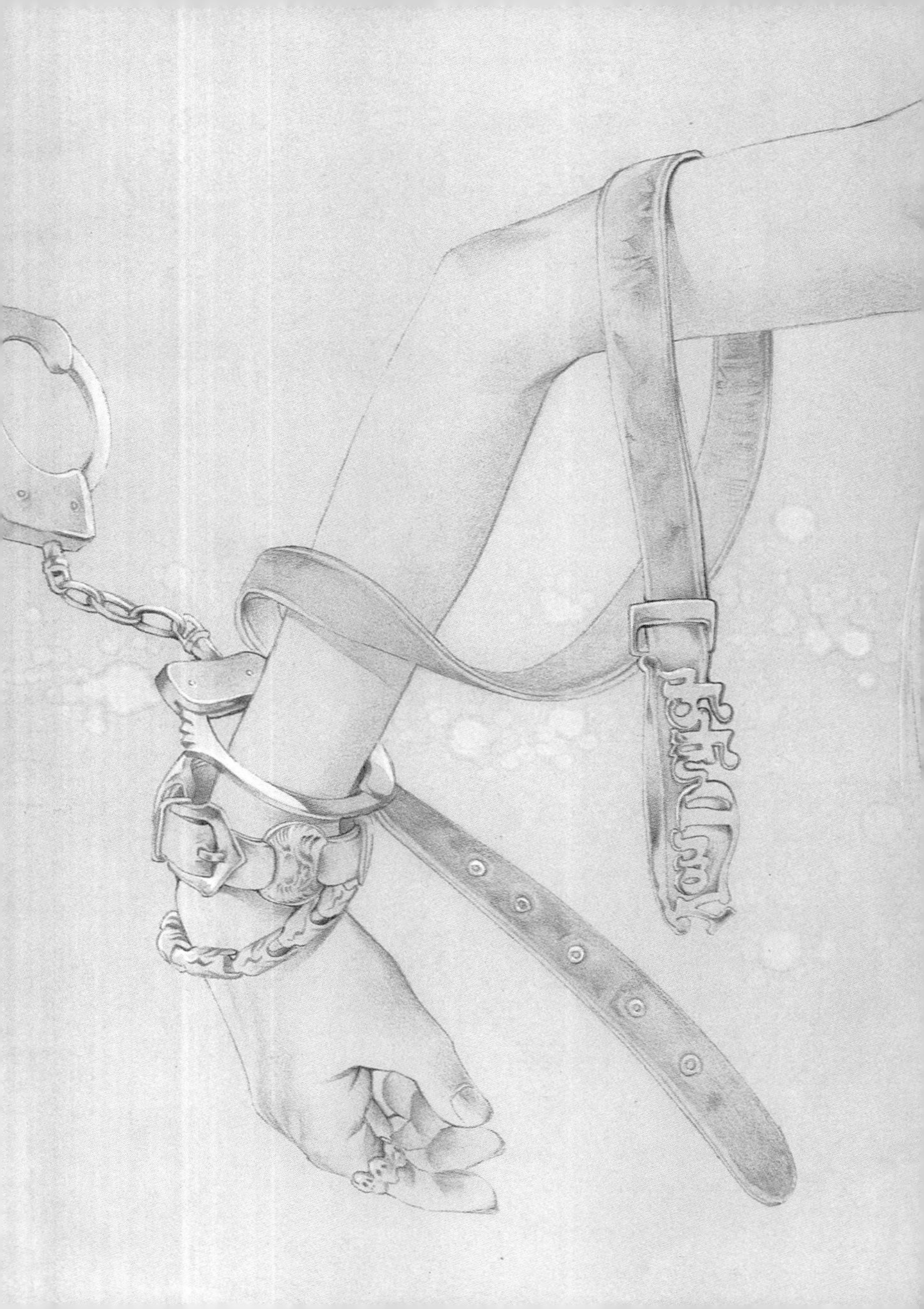

INTRODUCTION

"Bon par où on commence ?" "Si tu me parlais du jour où **Mitsuomi** et **Natsume** se sont rencontrés pour la première fois…?" Dans le dernier numéro, **Chiaki** (la petite amie de **Bob**) et **Bunshichi Tawara** nous replongeaient ainsi dans le passé de **Maya**, à l'époque où elle était toute jeune et son frère **Shin** était encore vivant. Il dirigeait alors le "**Clan du Katana**" et **Mitsuomi Takayanagi** était la dernière recrue du groupe. Maya avait une grande admiration pour son frère. Elle rêvait d'être aussi forte que lui. A vouloir l'épater, elle se mettait toujours dans des situations plus que délicates dont elle ne se sortait qu'avec l'aide de Shin.
Aujourd'hui, on retrouve **Aya** en possession de **Reiki**, un katana magique qu'elle a volé.
Et elle est maintenant poursuivie par les **Exécuteurs** épaulés par Maya.
Un nouveau chapitre passionnant où **Oh! great** nous fait voyager avec brio entre passé et présent.

SOMMAIRE

5

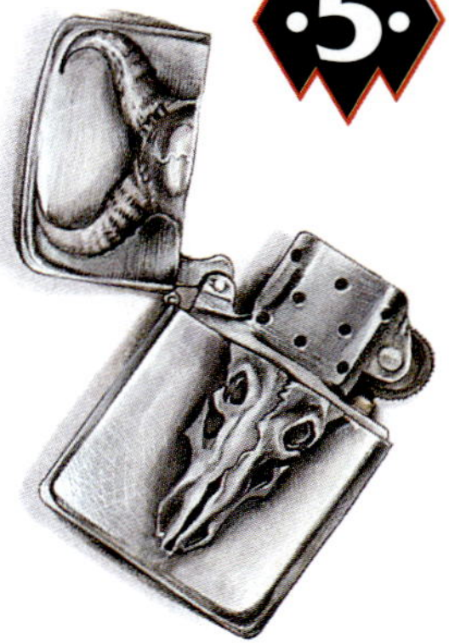

VING-SEPTIÈME
ROUND

HAN !
HAN !
COUGH !
HAN !
YAHH !
SHUUT
TU VAS FINIR PAR T'ATTIRER DES ENNUIS.
C'EST PAS BIEN VU UNE FILLE QUI SE BAT.
ALLONS, UN PEU DE TENUE.
PRENDS ÇA !

GRR !
LE SALAUD !
QU'EST-CE QUI T'ARRIVE, TU RÉAGIS PAS ?
LE PUBLIC COMMENCE À S'ENNUYER GRAVE !
ALORS !
MAYA !
!!
OH...
...
!!

MERCI D'ÊTRE VENU ...
... CONSTATER PAR TOI-MÊME CE QUI SE PASSE.
J'AI ÉTÉ TOUCHÉ PAR TON DISCOURS DE TOUT À L'HEURE.
JE T'ADMIRE, VRAIMENT.
JE TE TROUVE PAS MAL NON PLUS.
OH OH... MAIS JE VOIS QUE TU N'ES PAS SEUL. IL Y A AUSSI LE PETIT MITSUOMI.
JE SAVAIS PAS QUE TU FRÉQUENTAIS CET INSTI-TUT.
ÇA FAIT UNE PAYE, HEIN ?
!!
TOI, TU ME PARLES PAS SUR CE TON !
GLOM
D'ABORD, QUI TU ES ?
TU POURRAIS TE PRÉSENTER.
!!
OK, OK.
ON M'APPELLE MASAHIRO SANADA LE TERRIBLE, ET JE TE CONSEILLE DE PAS ME GONFLER.
C'EST PAS CLASSE, ÇA ?
AU CAS OÙ TU SAURAIS PAS, J'AI UN COMPTE À RÉGLER AVEC LUI.

SI C'ÉTAIT LE CAS...
TU FERAIS QUOI ?
J'AIMERAIS SAVOIR UNE CHOSE.
C'EST TOI QUI AS ATTAQUÉ LES MEMBRES DU KATANA ?
JE T'APPRENDRAIS LES BONNES MANIÈRES.
PETIT CON.
!

A...
ATTENDS ...
T'AS PAS ENCORE GAGNÉ.
QU'EST-CE QUE T'ATTENDS ?
ALLEZ, VIENS TE BATTRE !
AH...
TU...
AÏE...
GLUNK
PAFF
OOOOH ?!
OH !!!
...!!

WOOHHH
BINGO !
COOL !
LA CLASSE !
À MOI !
J'Y SUIS PEUT-ÊTRE ALLÉE UN PEU FORT...
YES !!

TU DEVRAIS PAS TE DONNER EN SPECTACLE COMME ÇA.
STRUSH STRUSH
OH, ÇA VA !
TU VEUX ME COLLER LA HONTE ?
GRATT
ARRÊTE !
ET PUIS, D'ABORD, TU VIENS JAMAIS ME VOIR ME BATTRE.
PLITCH
COCH
PLITCH
PLITCH
EH, VOUS !
APPELEZ UNE AMBULANCE !
VITE !

CE TYPE ...
... EST EN TRAIN DE CREVER !
SWIFFT
NON...
C'EST PLUS LA PEINE.
AAAHH
ON PEUT ENCORE LE SAUVER !
MA-GNEZ-VOUS !
BEN, RES-TEZ PAS PLANTÉS LÀ !
EUH...
ON Y VA.

SWUPP
LES AIGUILLES DE KUZUNOHA.
ELLES REDONNENT VIE.

SLASH
SWIFFT SWIFFT
MAIS...
KUZUNOHA ...?
SI TU PANIQUES POUR SI PEU, JE TE CONSEILLE DE CHANGER D'INSTITUT.
MON CHER MISTUOMI.
EMMENEZ-LE À L'INFIRMERIE...
UNE FOIS QUE LES BLESSURES À L'ESTOMAC SERONT CICATRISÉES, ÇA DEVRAIT ALLER.

TU ES LA COPINE DE SHIN, PAS VRAI ?
MANA... KUZUNOHA.
M... MERCI. ÇA FAIT LONG-TEMPS QU'ON S'ÉTAIT PAS VUS.
SHIN A L'HABITUDE.
T'EN FAIS PAS.
MÊME SI J'ÉTAIS PAS INTERVENUE, IL AURAIT SUFFI DE LE TRANSPORTER À L'INFIRMERIE.
MAIS...!

* TESSHIKOU : TECHNIQUE DE COMBAT TRÈS VIOLENTE

TU AS BEAUCOUP PROGRESSÉ.
MAIS TU ES ALLÉE UN PEU LOIN.
TU DOIS TE CONTRÔ-LER.
AVANT TOUT, UN BON COM-BATTANT DOIT SAVOIR ...
... FAIRE LA PART DES CHOSES.
FOUX-MOI LA PAIX, SHIN !
JE RIGOLE PAS, C'EST IMPOR-TANT.
DU MOINS, SI TU COMPTES RESTER DANS CETTE ÉCOLE.
JE T'AI DIT DE ME LÂCHER !
JE SUIS PLUS UNE GAMINE !
TU CROIS PEUT-ÊTRE QUE JE M'EN SUIS PAS RENDUE COMPTE ?
POURQUOI TU M'AS DONNÉ UN COUP DE MAIN, D'ABORD ?

LA PROCHAINE FOIS, JE TE LE PARDONNERAI PAS.
MAYA...
EN FAIT, JE...
JE M'EN FICHE QUE TU PROGRESSES OU PAS.
TOUT CE QUE JE VEUX, C'EST T'AVOIR AUPRÈS DE MOI.
JUSQU'À MAINTENANT...
ALORS...

MH ?
TU DISAIS...
... GRAND FRÈRE ?
RIEN.
C'EST SANS IMPORTANCE.

KUZUNOHA ...
OÙ TU TE CACHES ?
ON Y VOIT RIEN ICI.
QU'EST-CE QUE C'EST QUE CE CIRQUE ?
FAUT QUE JE TROUVE LA...
GRAB

MAIS TU ES ...
UHN...
ME DIS PAS QUE TOI AUSSI ...
... TU AS PEUR DE SHIN ?

TOK
TOK
TOCK
TOK
ILS SONT VRAIMENT BIZARRES ...
CES DEUX-LÀ.
TOCK

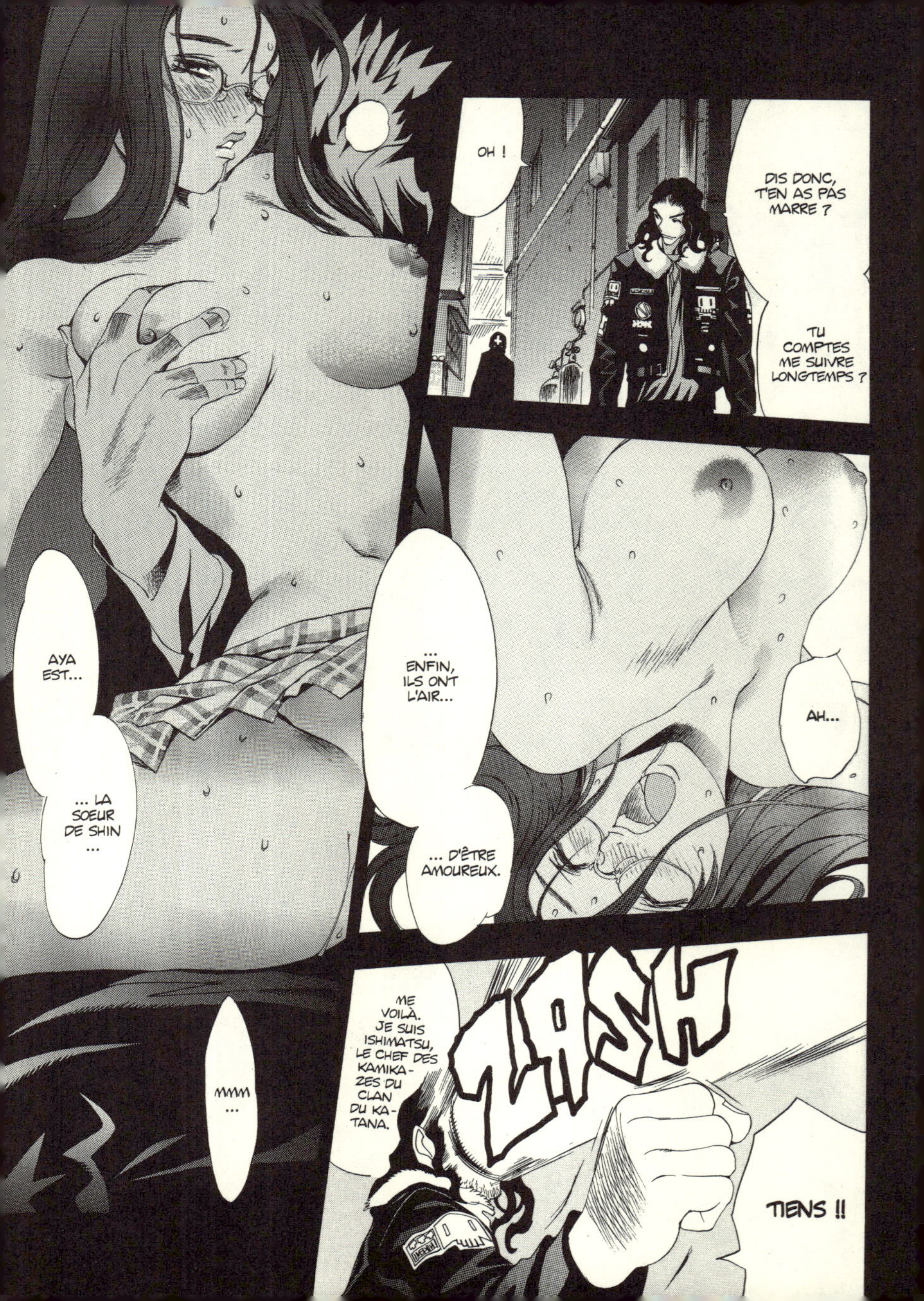
OH !
DIS DONC, T'EN AS PAS MARRE ?
TU COMPTES ME SUIVRE LONGTEMPS ?
AH...
... ENFIN, ILS ONT L'AIR...
... D'ÊTRE AMOUREUX.
AYA EST...
... LA SOEUR DE SHIN ...
TIENS !!
ZASH
ME VOILÀ. JE SUIS ISHIMATSU, LE CHEF DES KAMIKA-ZES DU CLAN DU KA-TANA.
MMM ...

THUM
AAAH.
TUM
TUM
OUIII.
SI J'AVAIS PAS ÉTÉ LÀ...
IL...
IL AURAIT PU FAIRE PLUS DE DÉGÂTS...
PSSH
SMACK
ARGH !
OUCH !
MAIS LUI... AVEC MAYA, IL AGIT D'INS-TINCT.
GRIIN
TU AS DIT... QUE C'ÉTAIT UNE TECH-NIQUE MORTELLE.
D'HABITUDE, OUI.
GRIIIN

GRAF
ARGH !
KOF !
WUOP
AH !!
TU...
... ME DÉTESTES ?
...
NON.
MAIS QUE... ?

QU'EST-CE QUI M'A PRIS ?

WUDP

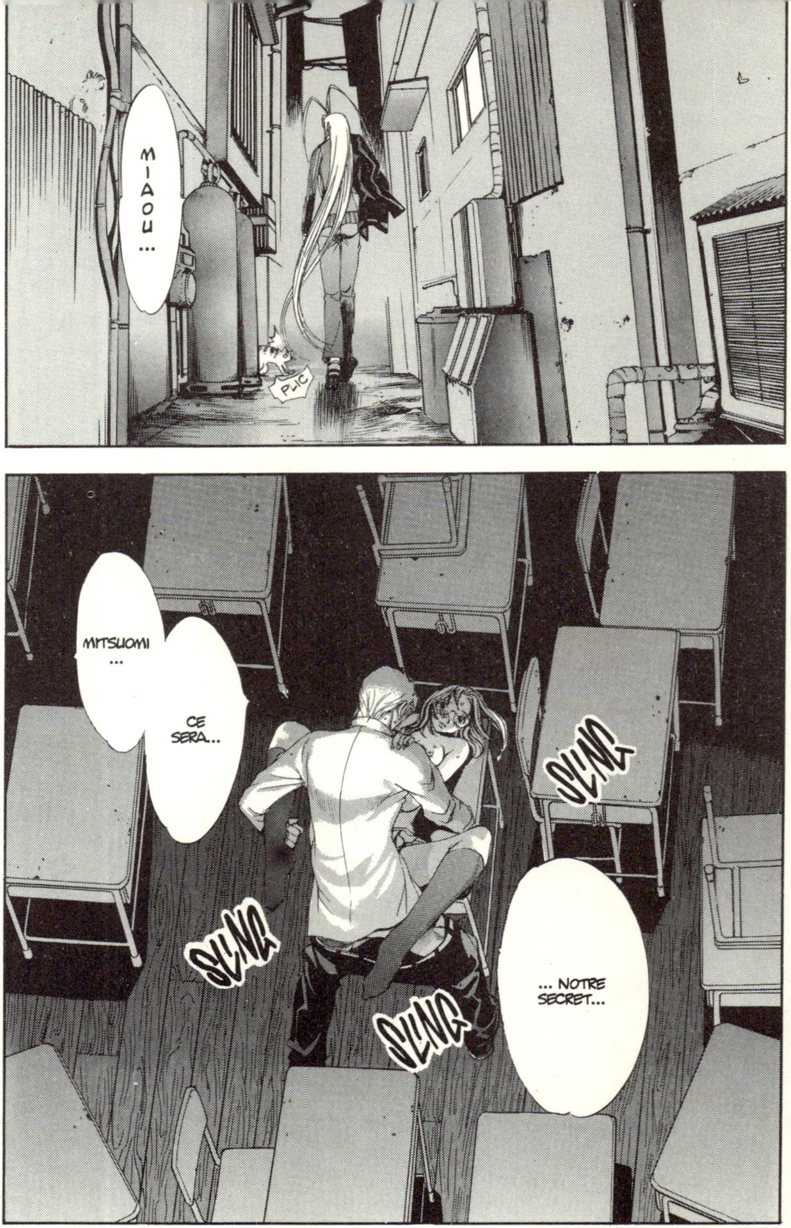
MIAOU...
PLIC
MITSUOMI...
CE SERA...
SLNG
SLNG
SLNG
... NOTRE SECRET...

VINGT-HUITIÈME ROUND
SLIING
SLIING
TU VEUX QUE JE T'AIDE ?
OH, NON ÇA VA ALLER.
MAIS T'APPROCHE PAS. C'EST DANGE-REUX.
FRIIISH
PLITCH
AH...
VRAI-MENT ?

ÇA SENT BON !
VIVEMENT QU'ON MANGE !
SLURP
SLURP
SLURP

C'EST PRÊT DANS DEUX MINUTES.
J'AI FAIT DU MIEUX QUE J'AI PU.
OK.
SUPER.
À MOINS...
... QUE TU PRÉFÈRES ME CROQUER, MOI ?
UAHAHAHAH
MAIS QU'EST-CE QUI ME PREND ?!
?
GOROONN
PAM PAM
PAM
TRIIIIIIIL
TRIIIIIIIL
ALLÔ, TAKAYANAGI...
CLAK
AH, PAPA ?
QUOI ?

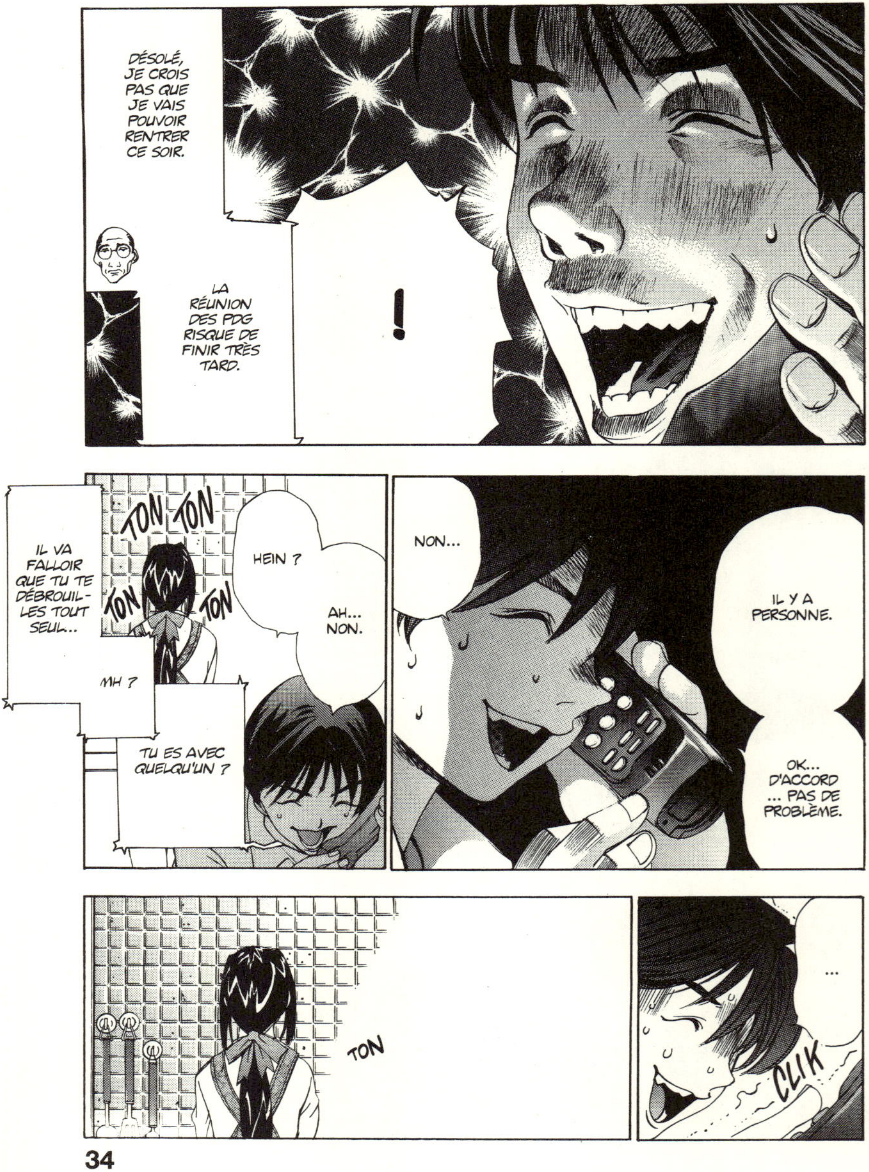
DÉSOLÉ, JE CROIS PAS QUE JE VAIS POUVOIR RENTRER CE SOIR.
LA RÉUNION DES PDG RISQUE DE FINIR TRÈS TARD.
!
IL VA FALLOIR QUE TU TE DÉBROUIL-LES TOUT SEUL...
MH ?
TU ES AVEC QUELQU'UN ?
TON TON
TON TON
HEIN ?
AH... NON.
NON...
IL Y A PERSONNE.
OK... D'ACCORD ... PAS DE PROBLÈME.
TON
...
CLIK

C'ÉTAIT TON PÈRE ? IL VOULAIT QUOI ?
AH... IL A DIT QU'IL RENTRAIT TARD...
WUIIIIIISCH
JE SENS...
... QU'ON VA BIEN SE MARRER...
PARDON ?
... CETTE NUIT. ♥
GAH
GAH
GEH

...
ON L'A CHERCHÉE PARTOUT. ELLE EST NULLE PART.
IMAGINE QUE QUELQU'UN SE SERVE DE REIKI. CE SERAIT LA FIN.
TU VEUX DES HOMMES ?
TSK.
ÇA M'ÉTONNERAIT QU'ELLE SOIT ENCORE DANS LE BÂTIMENT.
AYA EST PEUT-ÊTRE ALLÉE LÀ-BAS.
JE VAIS ESSAYER CHEZ ELLE.
JE SERAI LÀ.
C'EST PAS LA PEINE.
NON.

ISUZU ! TU AS DIX HOMMES À ME FILER ?
MAIS, BIEN SÛR...
JE TE LES PRÊTE VOLONTIERS.
J'AI PAS BESOIN DE TOI !
ZIN
...!!
ILS VONT TOUS SE FAIRE MASSACRER.
JE VIENS AVEC TOI.
C'EST DE LA FOLIE ...
..
DE TOUTE FAÇON, J'AI PLUS RIEN À PERDRE.
TAP

MM...
C'EST BON.
BRR BRR
BRR BRR
C'EST DÉLICIEUX ! ET QUEL PARFUM ! ET PUIS, ÇA FOND DANS LA BOUCHE !
GNAM GNAM GNAM
C'EST VRAI, JE TE JURE !
POUSSE PAS.
AU FAIT, JE PEUX PRENDRE UNE DOU-CHE ?
JE SUIS TOUTE SALE.
JE SUIS TOMBÉE À L'ÉCO-LE...
BIEN SÛR, VAS-Y...
SUPER, MERCI.
TAPP
LA...
... DOUCHE ?

SWIIIF
AH !!
NON MAIS ÇA VA PAS, MASATAKA ?
ON PEUT SAVOIR CE QUE TU FABRIQUES ?
NGH...
JE VOIS RIEN.
TLAK

DERRIÈRE LA PORTE, IL Y A UN MÉGA CANON.
TU-TUMP
JE POURRAIS LA RELUQUER.
UNE OCCASION PAREILLE, T'EN AURAS PAS DEUX.
C'EST PEUT-ÊTRE MÊME LA DERNIÈRE OCCASION QUE LES DIEUX OFFRENT À UN NAZE COMME MOI.
C'EST PAS UN CRIME DE
SANG-FROID ET DÉTERMINATION !
MATER !!
EXCUSE-MOI, AYA.
...GH
SIGH...

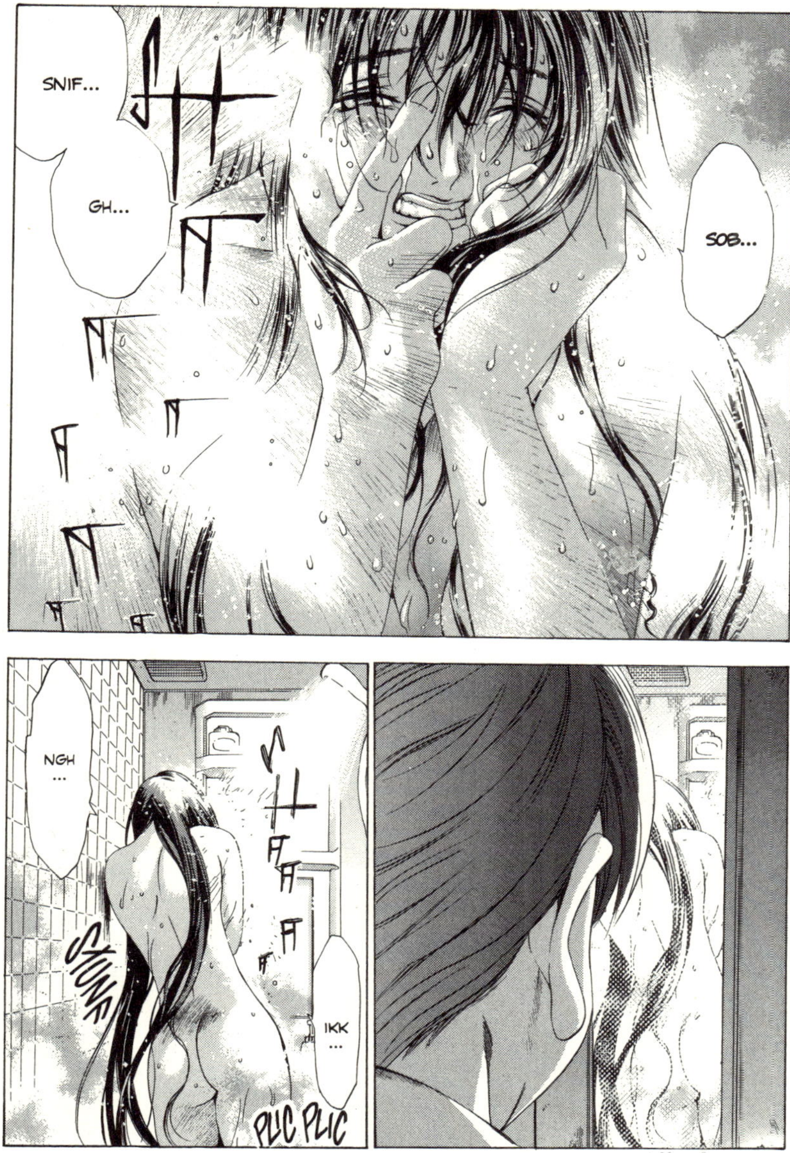

SNIF...
GH...
SOB...
NGH ...
IKK ...
PLIC PLIC

SHAAAAHH
TLACK
SGRAAH
SPOK

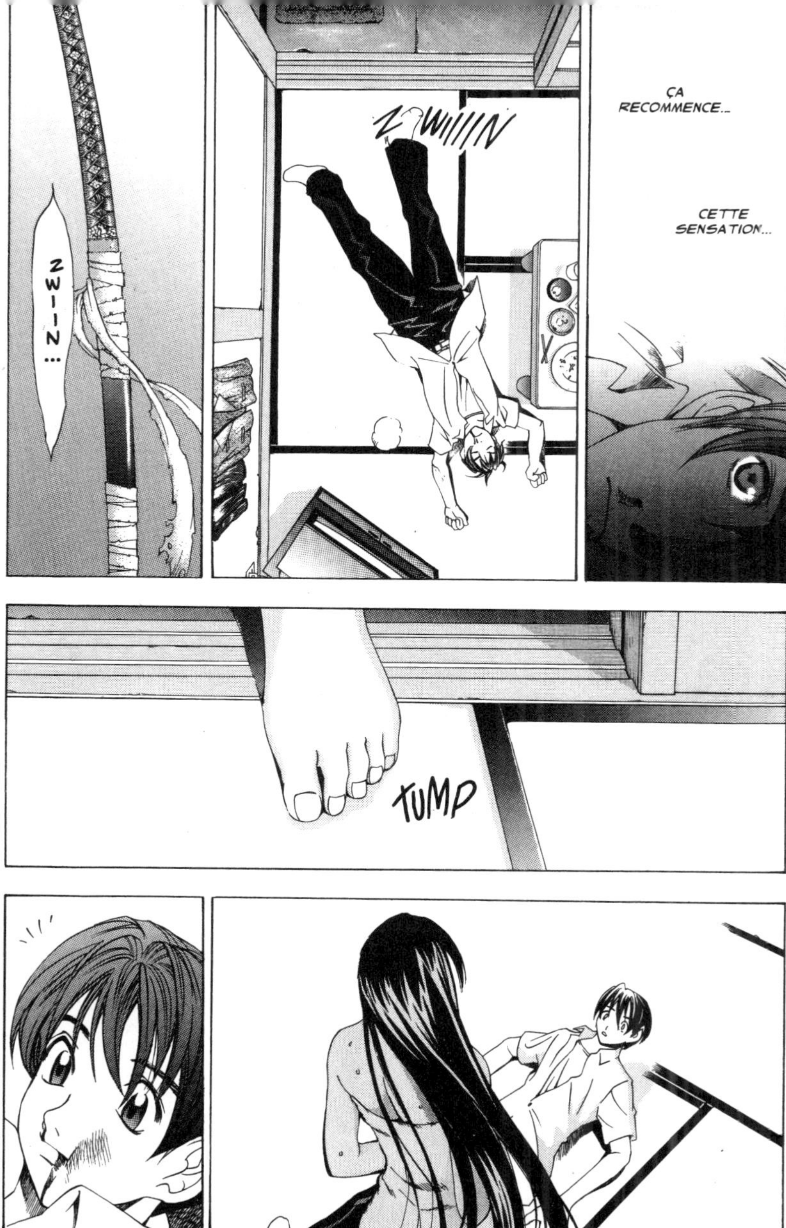
ÇA RECOMMENCE...
CETTE SENSATION...
ZWIIIN
ZWIIN...
TUMP

AYA !
...
MAIS ...?

AYA...
AYA !
AAAHHH !
AYA !!
HAN ...
HAN ...
HAN ...
!!
A...

WUOP
...
MAIS ?! TU AS DE LA FIÈVRE !
HAN !
HAN !
HAN !
HAN !
AYA...
AYA
OÙ J'AI FOUTU LA PHARMACIE ? ELLE ÉTAIT LÀ...
J'AI PAS RÊVÉ...
ZWIIIIN
AYA...
GUIIISH
SCIAFF

TU PARLES D'UNE JOURNÉE !
HAN !
HAN !
HAN !
WI
AYA...
IIN

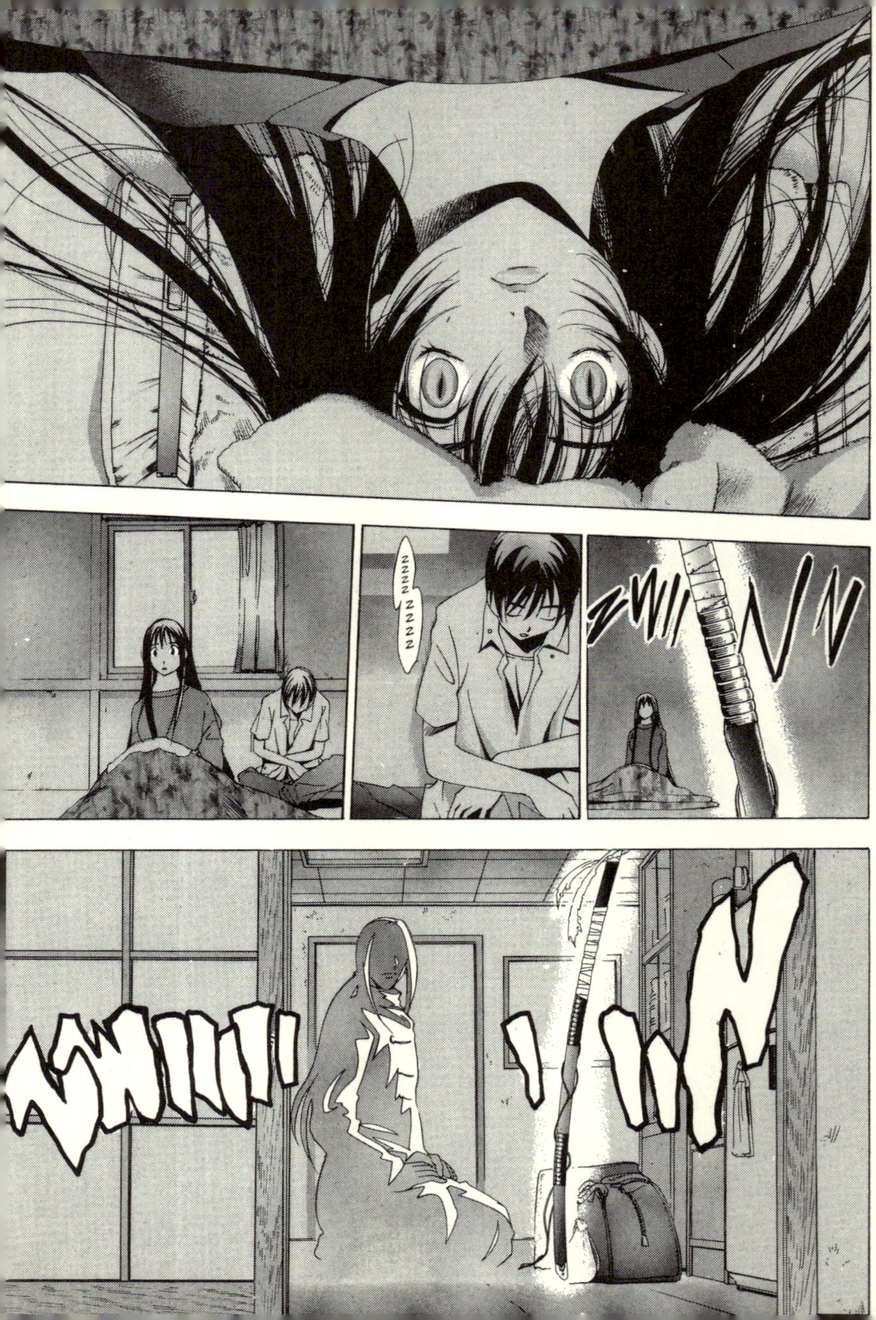
ZZZZ
ZZZZ
ZWIIINN
SHIIIII I IIN

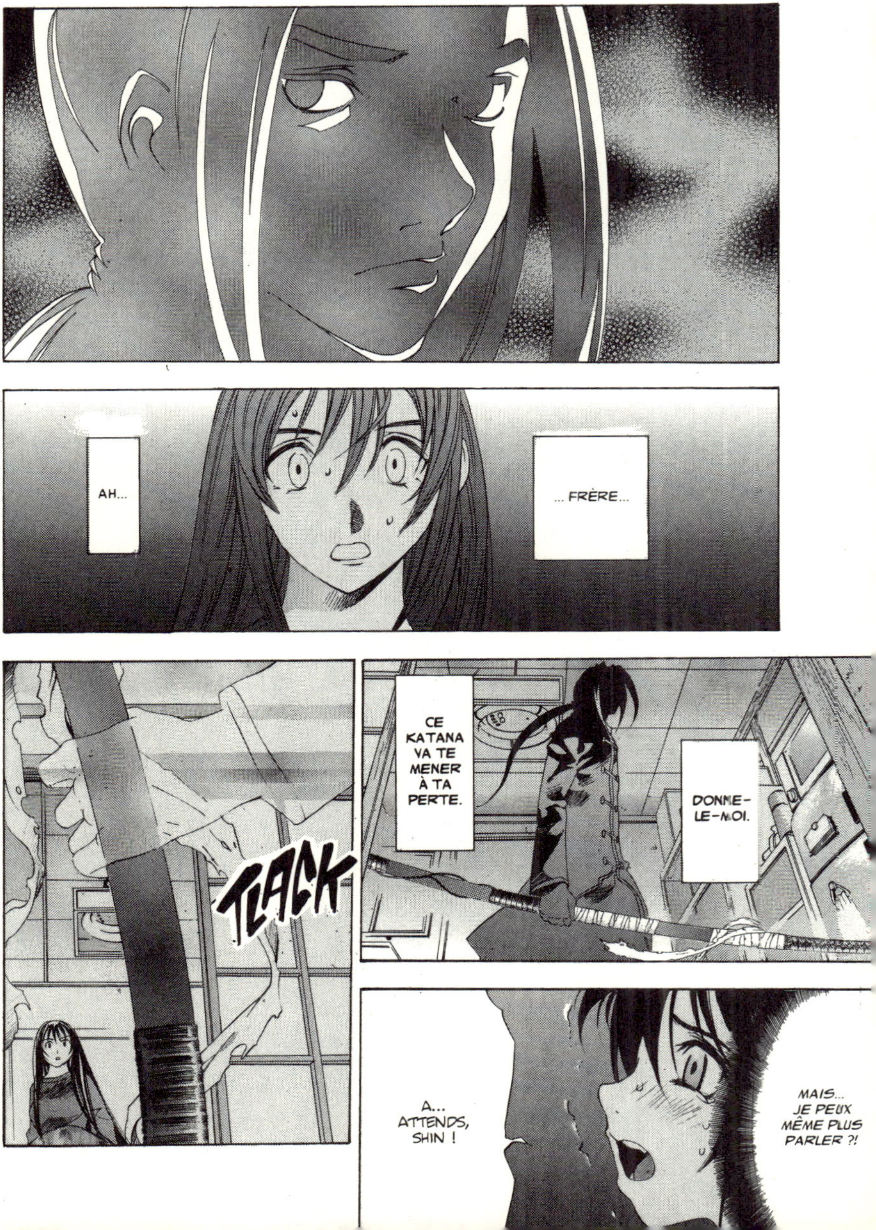
AH...
... FRÈRE...
TLACK
CE KATANA VA TE MENER À TA PERTE.
DONNE-LE-MOI.
A... ATTENDS, SHIN !
MAIS... JE PEUX MÊME PLUS PARLER ?!

NE DEVIENS PAS COMME MOI...
... AYA.
MON...
FRÈ...
FRÈRE... SHIN !
NON, JE T'EN SUPPLIE, FAIS PAS ÇA !
SI TU ME PRENDS...
... LE KATANA, JE... JE...
JE...
JE VEUX ÊTRE FORTE !

MAYA NE M'A JAMAIS RIEN DIT...
MAIS JE SAIS À QUEL POINT IL PEUT ÊTRE DANGEREUX...
ÇA N'EMPÊCHE, JE NE PEUX PAS VIVRE SANS.
S'IL TE PLAÎT, LAISSE-LE...
ET QU'À L'AVENIR...
... JE NE BLESSE PLUS PERSONNE AVEC MON "POUVOIR"...
POUR L'OEIL DU DRAGON ...
ET ...
POUR QUE JE NE PERDE PLUS.

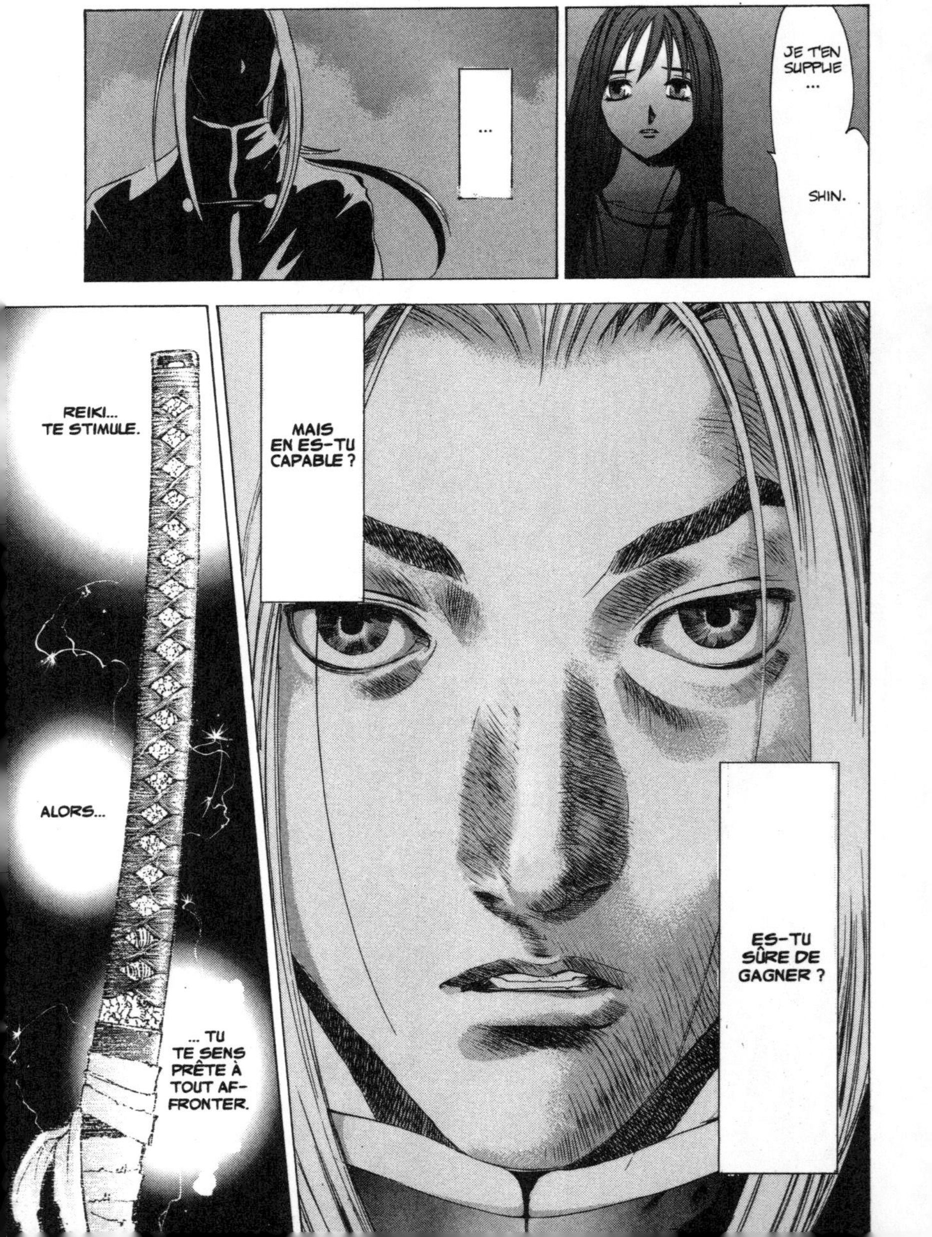
JE T'EN SUPPLIE ...
SHIN.
...
REIKI... TE STIMULE.
MAIS EN ES-TU CAPABLE ?
ALORS...
... TU TE SENS PRÊTE À TOUT AF-FRONTER.
ES-TU SÛRE DE GAGNER ?

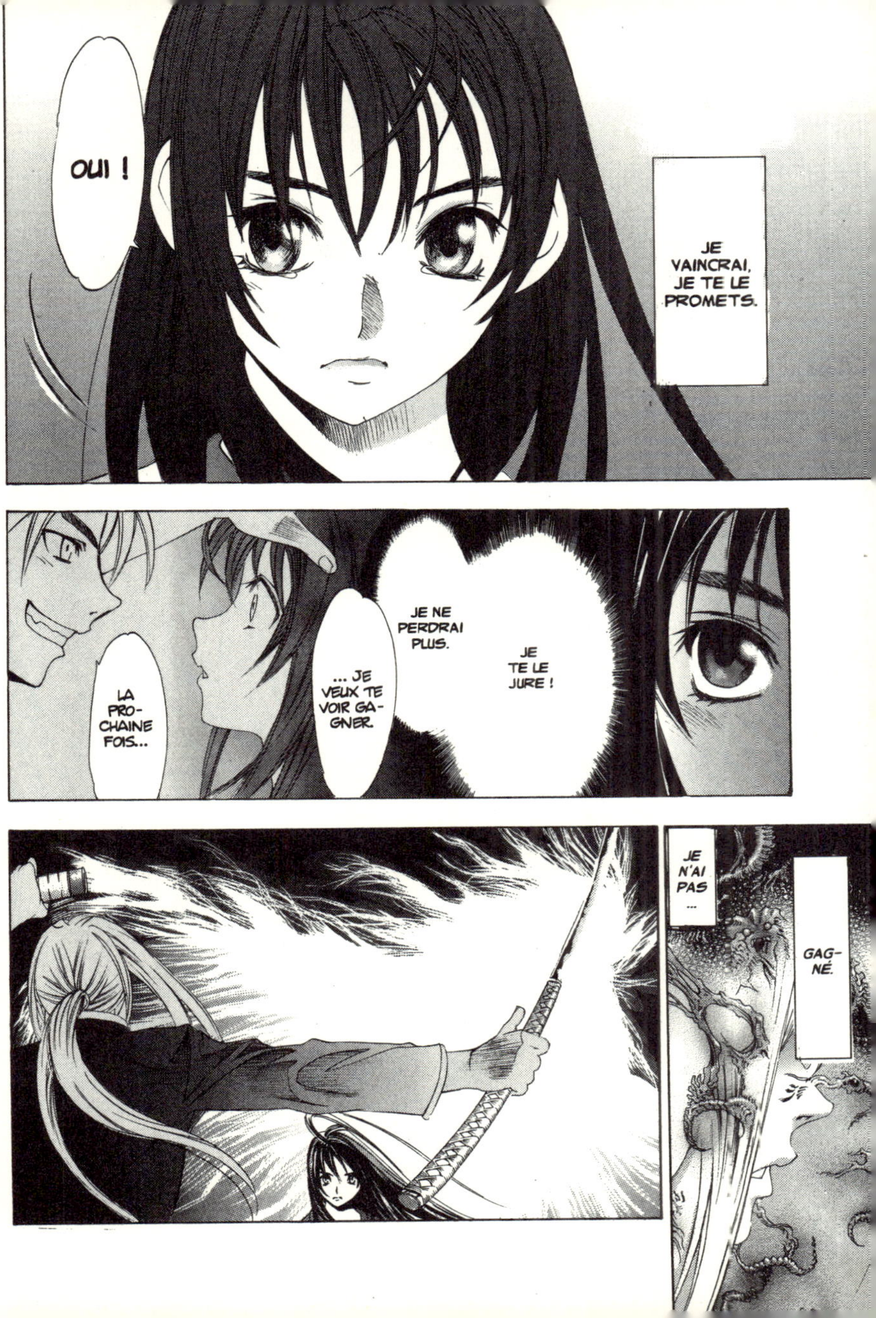
JE VAINCRAI, JE TE LE PROMETS.
OUI !
JE TE LE JURE !
JE NE PERDRAI PLUS.
... JE VEUX TE VOIR GAGNER.
LA PROCHAINE FOIS...
JE N'AI PAS ...
GAGNÉ.

QUAND TU VIVRAS LA DÉFAITE
LA "FORCE" N'A AUCUNE PITIÉ POUR LES VAINCUS !
SOUVIENS-TOI !
N'OUBLIE JAMAIS ÇA.
ELLE TE HAPPERA ET TU MOURRAS...
!!
JE SUIS...
PRÊTE...
JE SAIS, MON FRÈRE.

HEIN ?
...
NGH...
...
C'ÉTAIT UN RÊVE ?
RON RON... NON, AYA... NE FAIS PAS ÇA... AH... NON ...
S'NORT
AH.
WUUP
...
!!

T'AS UN TRUC À ME DIRE ?
QU'EST-CE QU'IL Y A, BUNSHICHI ?
OUI.
ZWIIIN
LA CHASSE AU CLAN DU KATANA... ON CONNAÎT LE RESPONSABLE.
C'EST ISHIMATSU QUI NOUS L'A DIT. C'EST PAS ENCORE PROUVÉ, MAIS IL Y A DE FORTES CHANCES POUR QUE CE SOIT VRAI...
ZWIIIN
J'AI L'IMPRESSION...
... QUE CES TEMPS-CI, VOUS VOUS VOYEZ PAS MAL, KUZUNOHA ET TOI.
C'EST LA FILLE QUE T'AIMES BIEN.
ÇA A PAS L'AIR DE T'ÉTONNER...
SI ! JE SUIS AUSSI SURPRIS QUE TOI.
MAIS EN FAIT ...
JE M'EN DOUTAIS UN PEU.
GLOM

GHYAA GHYAA GHYAA
LES ALLIAGES, TRÈS RÉSISTANTS À LA CHALEUR, SONT FABRIQUÉS PAR LA SOCIÉTÉ TITAN DE LOS ANGELES (USA).
EUH... DEMAIN, TEMPS ENSOLEILLÉ SUR LA RÉGION DU KANTA DANS LA JOURNÉE, COUVERT EN FIN DE SOIRÉE... PENDANT LA NUIT, RISQUES DE...
ELLE LE CHANTE SUR TOUS LES TOITS. À TA PLACE, JE LAISSERAIS TOMBER. SHIN VA FINIR PAR LE SAVOIR.
POURQUOI TU DIS ÇA ?
C'EST PAS VRAI !
JE COMPRENDS CE QUE TU RESSENS...
T'AS VU LES SEINS ? ÉNOOORMES ! ON VA LA DRAGUER ?
EH, VISE UN PEU LE CANON !
J'AIMERAIS EN SAVOIR PLUS SUR LA RÉSERVATION DE DEMAIN.
ENCORE CE GAMIN ! Y EN A MARRE !
... TOI, TOIIII.

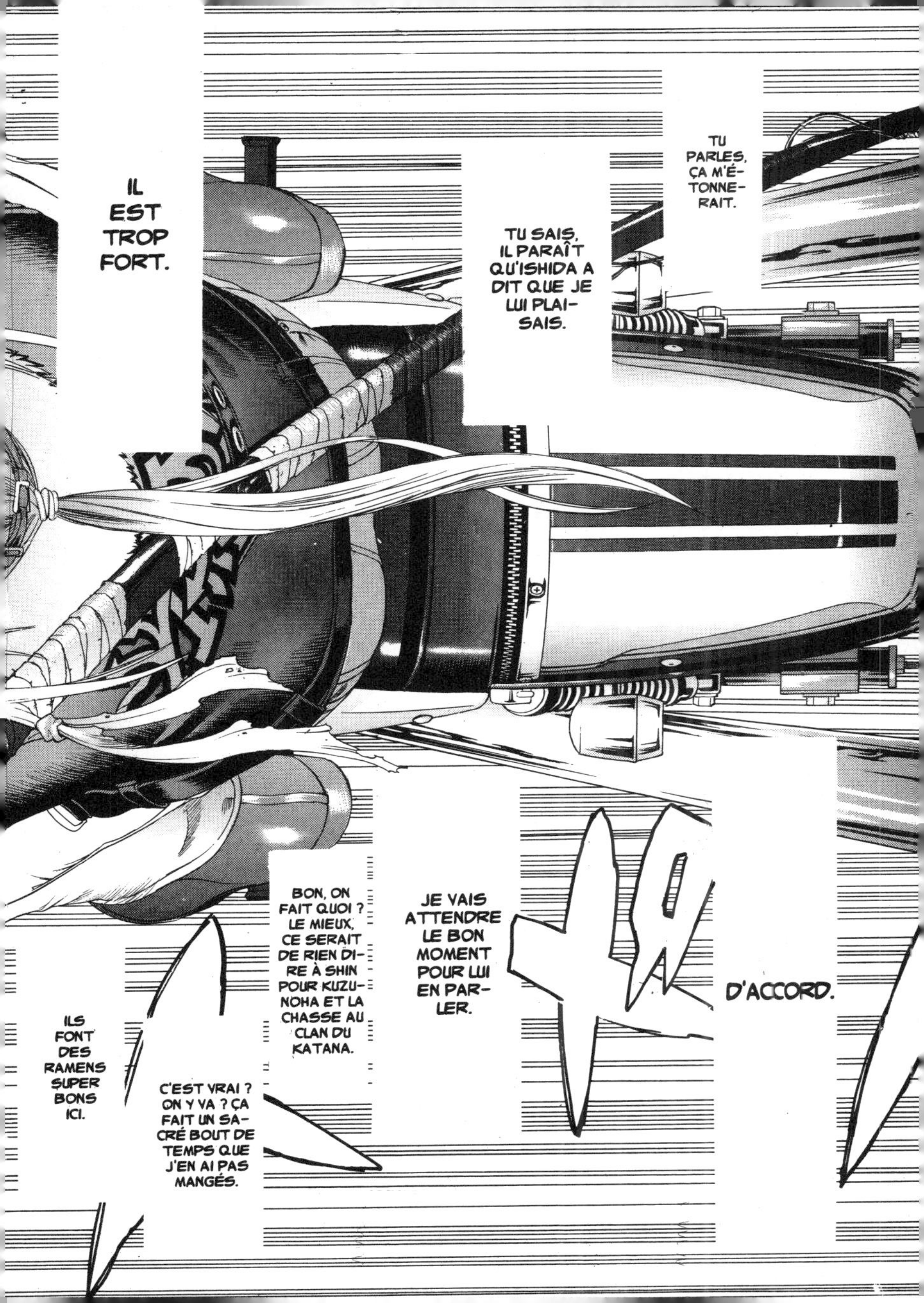
TU SAIS, IL PARAÎT QU'ISHIDA A DIT QUE JE LUI PLAISAIS.
TU PARLES, ÇA M'ÉTONNERAIT.
IL EST TROP FORT.
BON, ON FAIT QUOI ? LE MIEUX, CE SERAIT DE RIEN DIRE À SHIN POUR KUZUNOHA ET LA CHASSE AU CLAN DU KATANA.
JE VAIS ATTENDRE LE BON MOMENT POUR LUI EN PARLER.
D'ACCORD.
ILS FONT DES RAMENS SUPER BONS ICI.
C'EST VRAI ? ON Y VA ? ÇA FAIT UN SACRÉ BOUT DE TEMPS QUE J'EN AI PAS MANGÉS.

MERDE !
J'ENTENDS TOUT, ALORS, FERMEZ-LA !
ARRÊTEZ !
GRRR...
GRRRR...
GRRR...
J'AI LA HAINE !
...

VINGT-NEUVIÈME
ROUND

WIMH
WUSH
...
OH...
!!
WUR
IM...
IMBÉCILE !

ON SE TIRE.
VIENS...
A... ATTENDS...
HÉ...
ON EST DÉSOLÉS.
NON, ATTENDS ! ÉCOUTE !
C'EST VRAI, JE TE JURE.
ON N'A RIEN À VOIR AVEC CETTE CHASSE.
JE SAIS BIEN QUE C'EST PAS VOUS.
VOUS EN FAITES PAS.
J'AI BESOIN DE ME DÉFOU-LER.
C'EST JUSTE QUE...

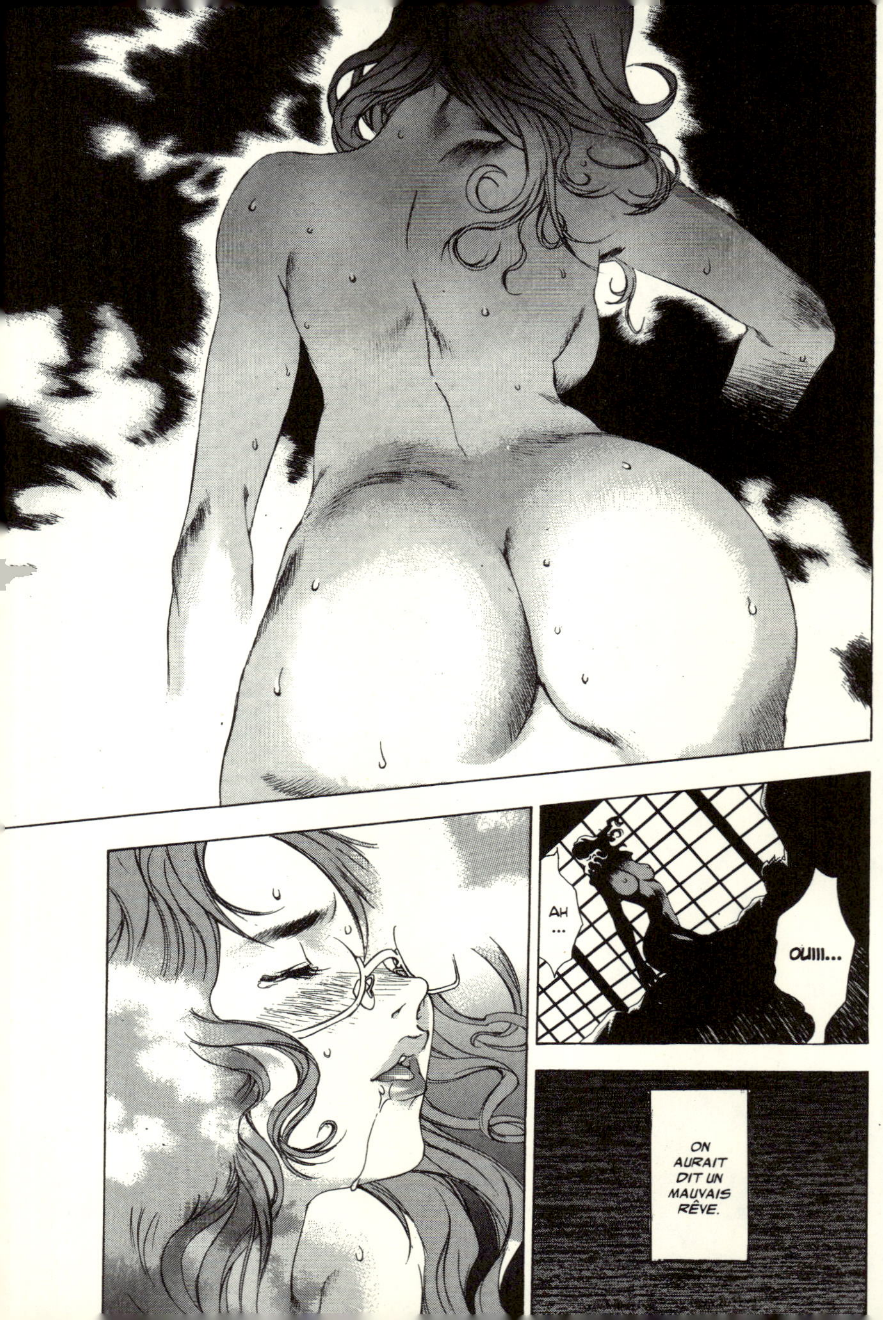
AH ...
OUIIII...
ON AURAIT DIT UN MAUVAIS RÊVE.

ALORS ?
ZWIN
ZWIN
QU'EST QUE T'AS ?
TU DIS RIEN ?
ZWIIIN
...
ELLE...
ELLE COUCHE AVEC MOI POUR RENDRE SHIN JALOUX.
ALORS ?
ZWIIIN
POURQUOI MOI ?
C'EST POUR ÇA QU'ELLE PARLE DE NOTRE RELATION ...
... À TOUT LE MONDE.
QUELLE QUES-TION !
ZWIIN
TU ME PLAIS.
T'ES ...
MM ...
CRAQUANT.
AH...
ZWIIIN
ZWIN
EN FAIT, JE CROIS QUE...
JE T'AIME.

ET TOI ...
POURQUOI TU COUCHES AVEC MOI, MITSUOMI ?
AAAH...
MM...
OUI...
AAAAAHH...
ENCORE ...
HEIN ?
MAINTENANT QUE JE TE L'AI DIT, TU ME CROIS ?
NON. ÇA PEUT PAS ÊTRE ÇA.
BRR
BRR
STRUSH
...
...
AH...
C'EST POUR ÇA, J'EN SUIS SÛR.
AH...
STRUSH
TU ES LA COPINE DE SHIN. C'EST ÇA, LA RAISON.
J'AI VRAIMENT ÉTÉ TROP CON.
JE...
TU...

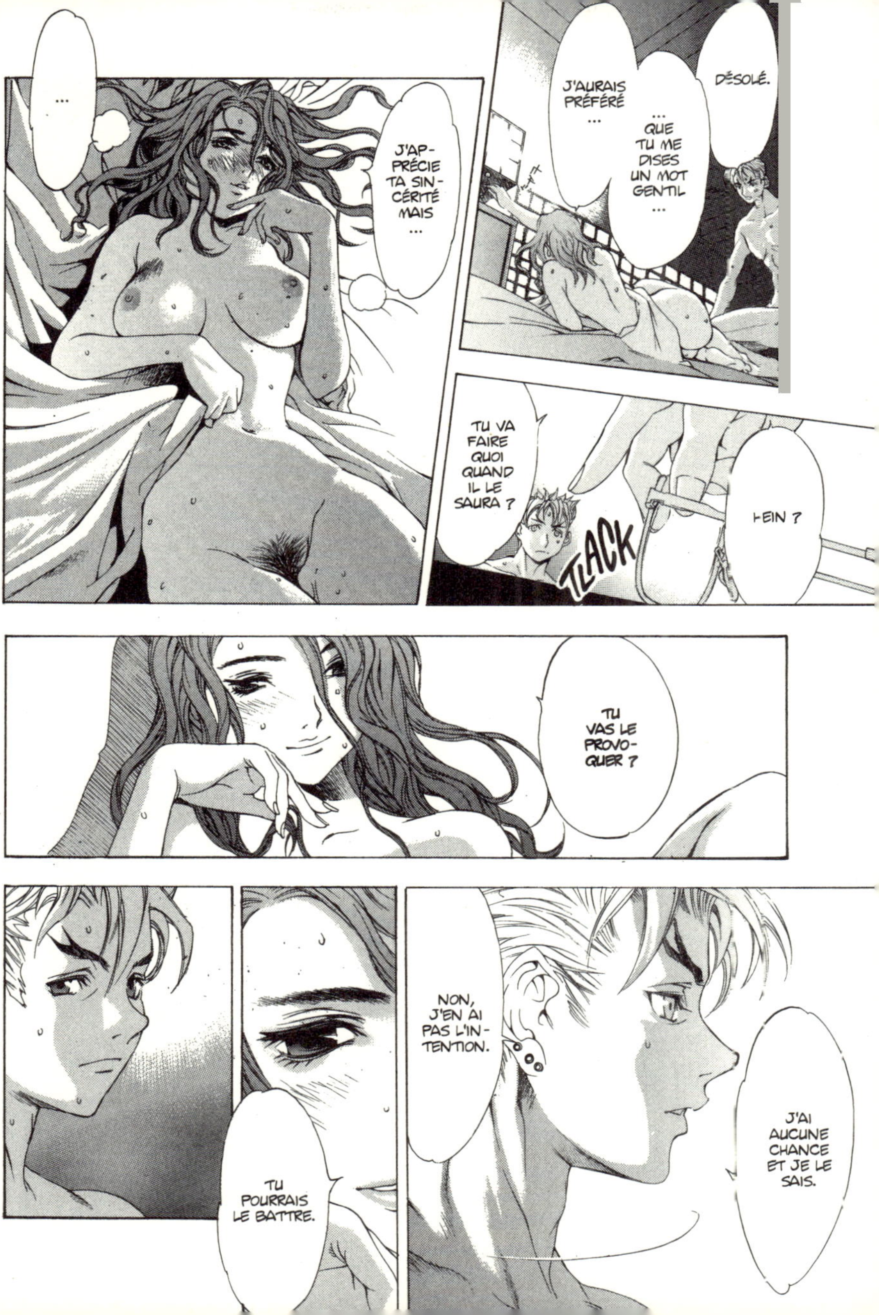
...
J'AP-PRÉCIE TA SIN-CÉRITÉ MAIS ...
J'AURAIS PRÉFÉRÉ ...
... QUE TU ME DISES UN MOT GENTIL ...
DÉSOLÉ.
TU VA FAIRE QUOI QUAND IL LE SAURA ?
TLACK
HEIN ?
TU VAS LE PROVO-QUER ?
TU POURRAIS LE BATTRE.
NON, J'EN AI PAS L'IN-TENTION.
J'AI AUCUNE CHANCE ET JE LE SAIS.

JE TE SAVAIS PAS AUSSI PEUREUX.
NON.
HUMPF
MAIS...
... TU ME PLAIS QUAND MÊME.
ON SE RESSEMBLE.
GULP
TARARAAN TAN TAN
ALLÔ ?
AH ? C'EST TOI, BUNSHI-CHI...

VOS BLESSURES...
LÂCHEZ-MOI, JE VOUS DIS, OU ÇA VA MAL ALLER !
AAAH ! LAISSEZ-MOI TRANQUILLE !
NE BOUGEZ PAS, VOUS ÊTES DANS UN SALE ÉTAT !
NON !
OUI. DIS DONC, JE SUIS VENU VOIR ISHIMATSU À L'HÔPI-TAL.
Y A UN PROBLÈME.
TU SAIS QUI C'EST, HEIN ?
GRR GRR
NON... C'EST QUE ...
CE CRÉTIN VEUT SE VENGER
TOUT SEUL
IL PARAÎT QUE TU SAIS QUI M'A FAIT ÇA. HÉ, TU M'ÉCOUTES QUAND JE TE PARLE !
HEIN ? J'EN-TENDS RIEN.
NON ... C'EST PAS ÇA...
BUNSHICHI, TU M'ÉCOUTES ?!
ME DIS PAS QUE TU VOULAIS SAVOIR COMMENT J'ALLAIS ?!
QU'EST-CE QUE TU FOUS LÀ ?
HÉ, TOI !
JE TE PARLE, CONNARD !
TOK
SPON
AARGH...
AAH
SPON
TOK
HÉ ! TU ME GONFLES, LÀ !
TU VOIS PAS QUE JE SUIS AU TÉLÉPHONE ?
TUUU
...
CRUCK
HUM...
LÀ, J'AI FAIT FORT.

SLAM
MONSIEUR ISHIMATSU ?
ÇA... ÇA VA ?
OUCH
IL A LES PUPILLES DILATÉES !
LE COEUR ?
DOCTEUR YANAMA, VITE !
QUEL SOUK ...
!!

OH !
BIEN, TOUT LE MONDE EST LÀ !
BUNSHICHI ...
TU NOUS CACHES QUELQUE CHOSE !
ET ALORS ? POUR QUI VOUS VOUS PRENEZ ? MA MÈRE ?
MÊME À ELLE, JE DIS PAS TOUTES LES CONNERIES QUE JE FAIS.
PAS VOUS ?
ON VEUT PARLER DE LA CHASSE AU CLAN DU KATANA.
ON S'EST FAIT MAS-SACRER...
... ET LE CLAN A ÉTÉ HUMILIÉ.
ON A PERDU NOTRE RANG !
QU'EST-CE QUE T'AT-TENDS POUR MOBILISER LES TROUPES ?
WHY?!
TU VEUX PAS NOUS DIRE QUI A DÉGOMMÉ ISHIMATSU, HEIN ?
DE TOUTE FAÇON, ON FINIRA BIEN PAR LE SAVOIR.

J'AI L'IMPRESSION QUE TU NOUS CACHES LE NOM DU COUPABLE...
AH.
T'AS DU FEU ?
OK.
MAIS ...
ÉCOUTEZ, CETTE HISTOIRE SERA BIENTÔT RÉGLÉE.
JE VOUS DEMANDE JUSTE UN PEU DE PATIEN-CE.
... TU DEVRAIS QUAND MÊME ÊTRE CLAIR AVEC NOUS ...
... BUNSHICHI.
SBAFF
TOI, TA GUEULE !
JE VAIS T'APPREN-DRE À LA FERMER.

PFFF
ÇA COMMENCE À BIEN FAIRE, VOS CONNERIES !
SI VOUS AVEZ QUELQUE CHOSE À REDIRE...
ALORS, RÉGLONS ÇA UNE BONNE FOIS POUR TOUTES !
GRIIN
GRIIN
...
USCITA D'EMERGENZA
NE DÉTACHEZ PAS ISHIMATSU DE SON LIT.
AVEC LES BLESSURES QU'IL A, S'IL BOUGE, IL EST MORT.
CRÈVE !
BLLLL !
...
À MON AVIS, ÇA VA MAL FINIR...

TIENS...
C'EST POUR TOI.
QU'EST-CE QUE C'EST ?
UN CADEAU.
SCRITCH
TOUT À L'HEURE TU M'AS DIT...
"POURQUOI MOI ?"...
TU TROUVERAS PEUT-ÊTRE LA RÉPON-SE...
... DANS CE PAQUET.
TU L'OUVRIRAS QUAND TU SERAS CHEZ TOI.

TU ES EN TRAIN DE ME DIRE QUE TU L'AURAIS PAS FAIT ...
... AVEC N'IMPORTE QUI ?
EXACT.
J'AVAIS ENVIE DE FAIRE L'AMOUR AVEC TOI.
J'ATTENDAIS CE MOMENT...
... DEPUIS LONG-TEMPS.
TU CROIS PEUT-ÊTRE QUE JE MENS.
MAIS BIENTÔT ...
... TU SAURAS QUE JE SUIS SINCÈ-RE.

SBRANG
SALUT.
WUOOP
EMI...
OUI ?
VIENS LÀ.

EMI...
TU M'EN VEUX ?
NON.
ÇA...
C'EST À MANA DE JUGER.
...
MOUAIS.
LA LUNE EST BELLE, CE SOIR.
JE ME DE-MANDE QUEL TEMPS IL VA FAIRE DEMAIN.
D'APRÈS LA MÉTÉO ...
... IL DEVRAIT PLEUVOIR.

STRIIP STRIIP
STRIP
TIFFANY & Co.
ET...
DES BOUCLES D'OREIL-LES ?
TIFFANY & Co.
64MB
MEMORY STICK
PLITCH
?!
...

HÉ !
PEUH ! ON PEUT JAMAIS ÊTRE TRANQUILLES !
DÉSOLÉ DE T'AVOIR DÉRANGÉ TOUT À L'HEURE.
AH.. PAS GRAVE.
FUOSH
MM...
TIENS TIENS... MANA ?
Y A QUOI DESSUS ?
DES IMAGES COMPROMETTANTES ?
JE SAIS PAS, PEUT-ÊTRE.
JE RIGOLE !
JE SAIS PAS POURQUOI ...
... MAIS J'AI LA TROUILLE DE REGARDER TOUT SEUL.
TU FERAIS MIEUX DE LAISSER TOMBER.

ZAS
ON AURAIT MIEUX FAIT DE PAS MATER CE TRUC.
HHHHHHHH
ALLÔ, ALLÔ ?
ÇA Y EST, C'EST PARTI.
AVEC ÇA, ON DOIT POUVOIR REVOIR LA SCÈNE.
C'EST BRAN-CHÉ ?
ZAHHH
SI JE L'AVAIS PAS VU...
... MA VIE NE SERAIT PAS UN ENFER AUJOUR-D'HUI...
TOURNE-LA.
ZAAAASH
ZAASH
C'EST À L'ÉCOLE, NON ?
AH, AH !
OH...
ALORS ...
HÉ !

J'Y PEUX RIEN.
C'EST À CAUSE DU CLUB ...
COMME D'HAB...
TU CHERCHES DES EX-CUSES !
QUOI ? TU PARS AVEC LA BAN-DE ?
PFFF ! C'EST TOUT ?
C'EST NUL.
...
LE TITANIC ...
T'ES BÊTE ...
...
YAWN
C'ES LA PRE-MIÈRE FOIS ...
... QUE JE LA VOIS RIRE COMME ÇA...

RONNF
JE ME DEMANDE POURQUOI ...
... ELLE M'A FILÉ CETTE CASSETTE.
GRAT
GRAT
!!
CLIK
WIIIN
WIIN
WIIN
BLINK
...
BUNSHICHI...
BUNSHICHI, RÉVEILLE-TOI ...
HEIN ?
Y A UN TRUC BIZARRE.
STROLL
HEIN ?
QUOI ?
JE L'AI VU TOUT DE SUITE.
REGARDE.
LÀ.

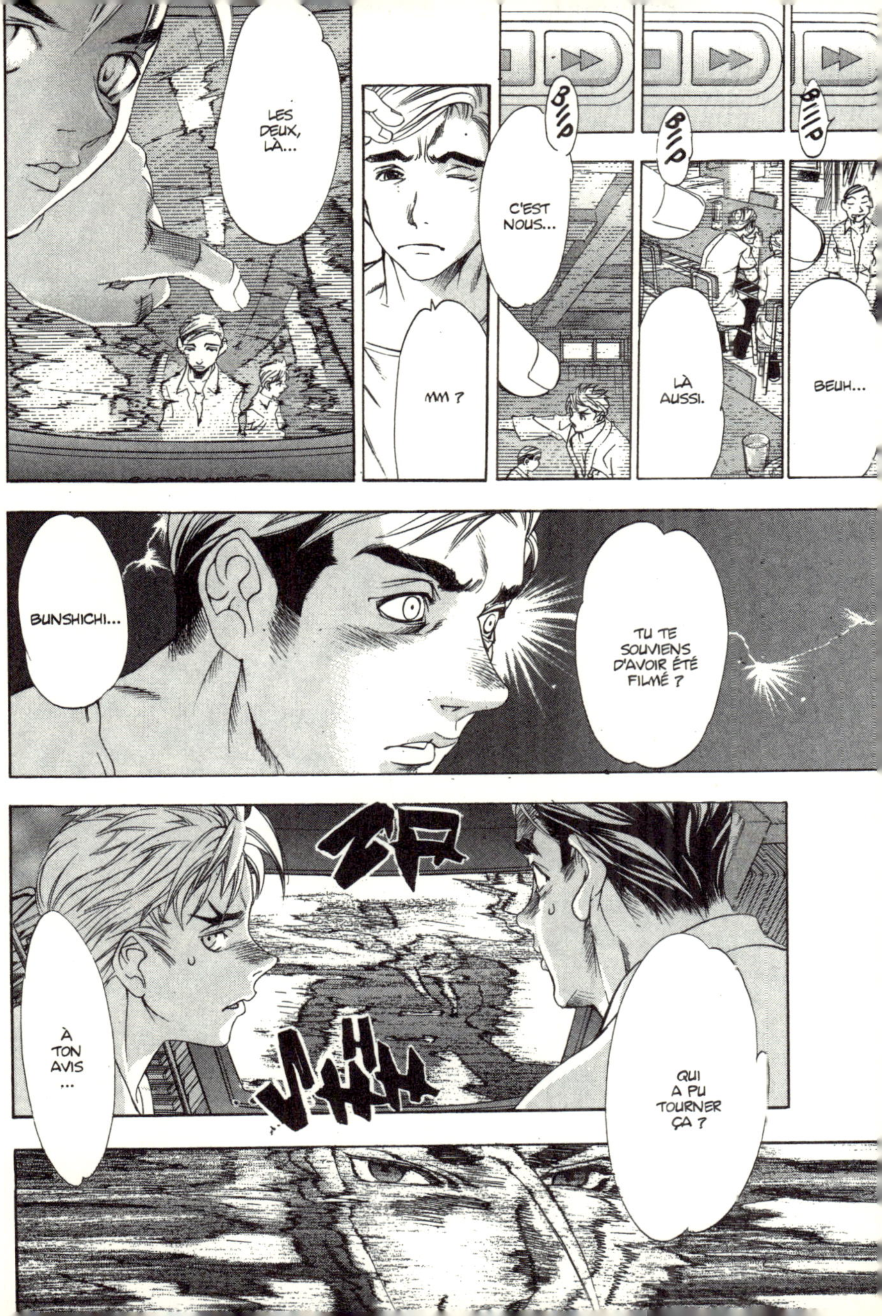
BIIIP
BEUH...
BIIP
LÀ AUSSI.
BIIP
C'EST NOUS...
MM ?
LES DEUX, LÀ...
TU TE SOUVIENS D'AVOIR ÉTÉ FILMÉ ?
BUNSHICHI...
QUI A PU TOURNER ÇA ?
À TON AVIS ...

KOF !
KOF !
... À MA SOEUR ?
... A OSÉ TOUCHER ...
ZAF
QUI...
ET ÇA !!
ZAFF
T'AS COM-PRIS ?!
PAR ...
... DON.
ZAFF
TIENS.
NON.
NON.
NON.
ZAFF
CRÈVE !
CRÈVE.
!!
ARGH.
PLIK
UNE BONNE FOIS POUR TOUTES !
OH...
AH !
HII ...
IL LÂCHE ENFIN PRISE.
ÇA Y EST.
CRÈVE !
ARRÊTE...
ARRÊTE, JE T'EN SUPPLIE ...

ARGH ARGH ARGH ARGH ARGH ARGH ARGH ARGH !
ARGH...
JE...
JE CONNAIS SHIN DEPUIS PLUS DE DIX ANS, MAIS...
ÇA PEUT PAS ÊTRE LUI !
ARGH !
ALORS, POURQUOI VOUS VOUS TIREZ ?
STRUSH
ON EST DÉSOLÉS. C'EST VRAI, JE TE JURE.
NON, ATTENDS ! ÉCOUTE !
STRUSH
STRUSH
STRUSH
STRUSH
ON N'A RIEN À VOIR AVEC CETTE CHASSE.
AH BON ?
VOUS EN FAITES PAS. JE SAIS BIEN QUE C'EST PAS VOUS.
C'EST JUSTE QUE J'AI BESOIN DE ME DÉFOULER.
STRUSH
STRUSH
STRUSH

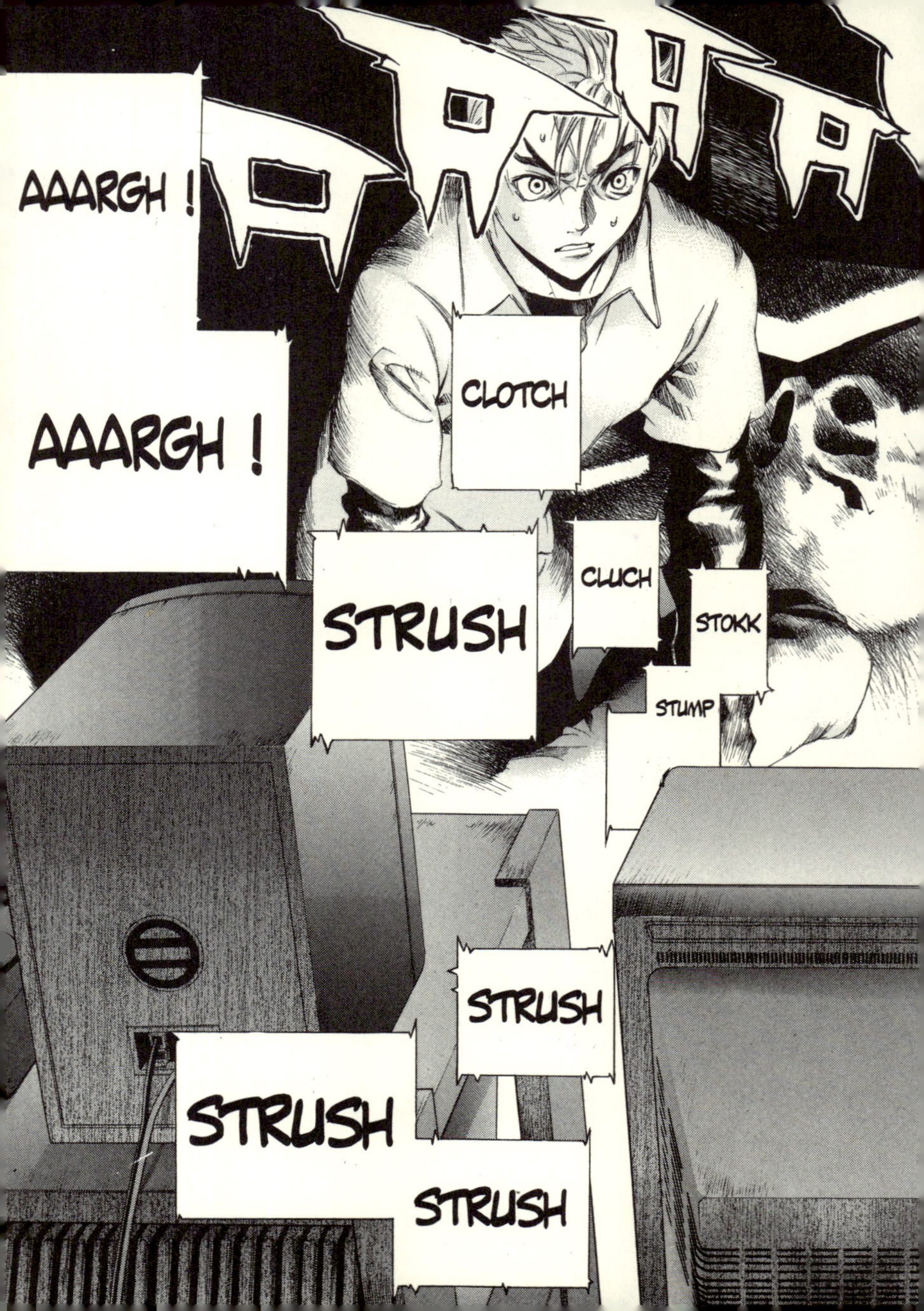

AAARGH !
AAARGH !
CLOTCH
STOKK
CLUCH
STUMP
STRUSH
STRUSH
STRUSH
STRUSH

STRUSH
STRUSH
AARGH !
PUNCH
SGLUTCH
STRUSH
STRUSH
PLOOSH
STRUSH
STRUSH
AH !
AH !

STRUSH
STRUSH
STRUSH
ZAF
ZAFF
LA RÉPONSE À LA QUESTION "POURQUOI MOI ?"...
... SE TROUVE ...
... SUR ...
... CETTE CASSETTE.
ZAAAAAHH

AAAAAAH!
TRENTIÈME ROUND

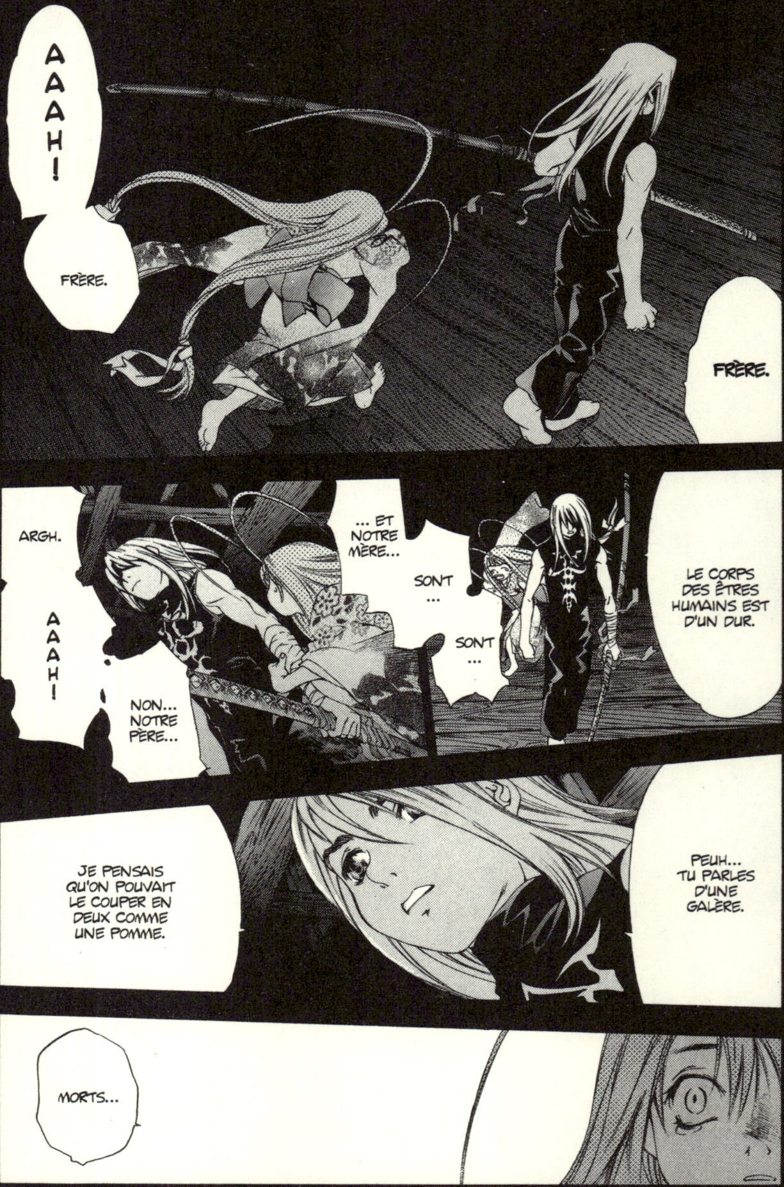
FRÈRE.
FRÈRE.
AAAH!
LE CORPS DES ÊTRES HUMAINS EST D'UN DUR.
SONT ...
SONT ...
... ET NOTRE MÈRE...
NON... NOTRE PÈRE...
AAAH!
ARGH.
PEUH... TU PARLES D'UNE GALÈRE.
JE PENSAIS QU'ON POUVAIT LE COUPER EN DEUX COMME UNE POMME.
MORTS...

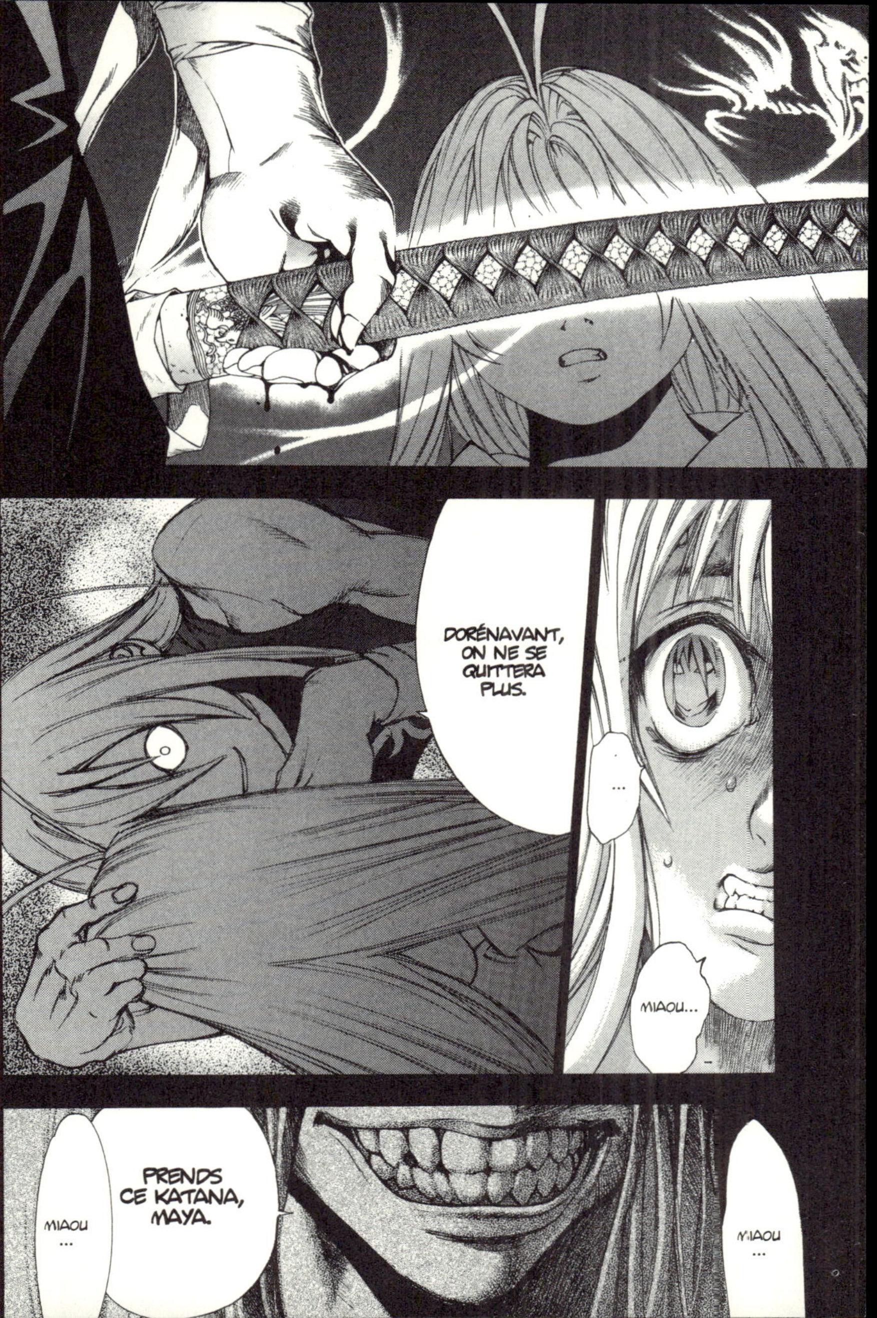
...
MIAOU...
DORÉNAVANT, ON NE SE QUITTERA PLUS.
MIAOU ...
PRENDS CE KATANA, MAYA.
MIAOU ...

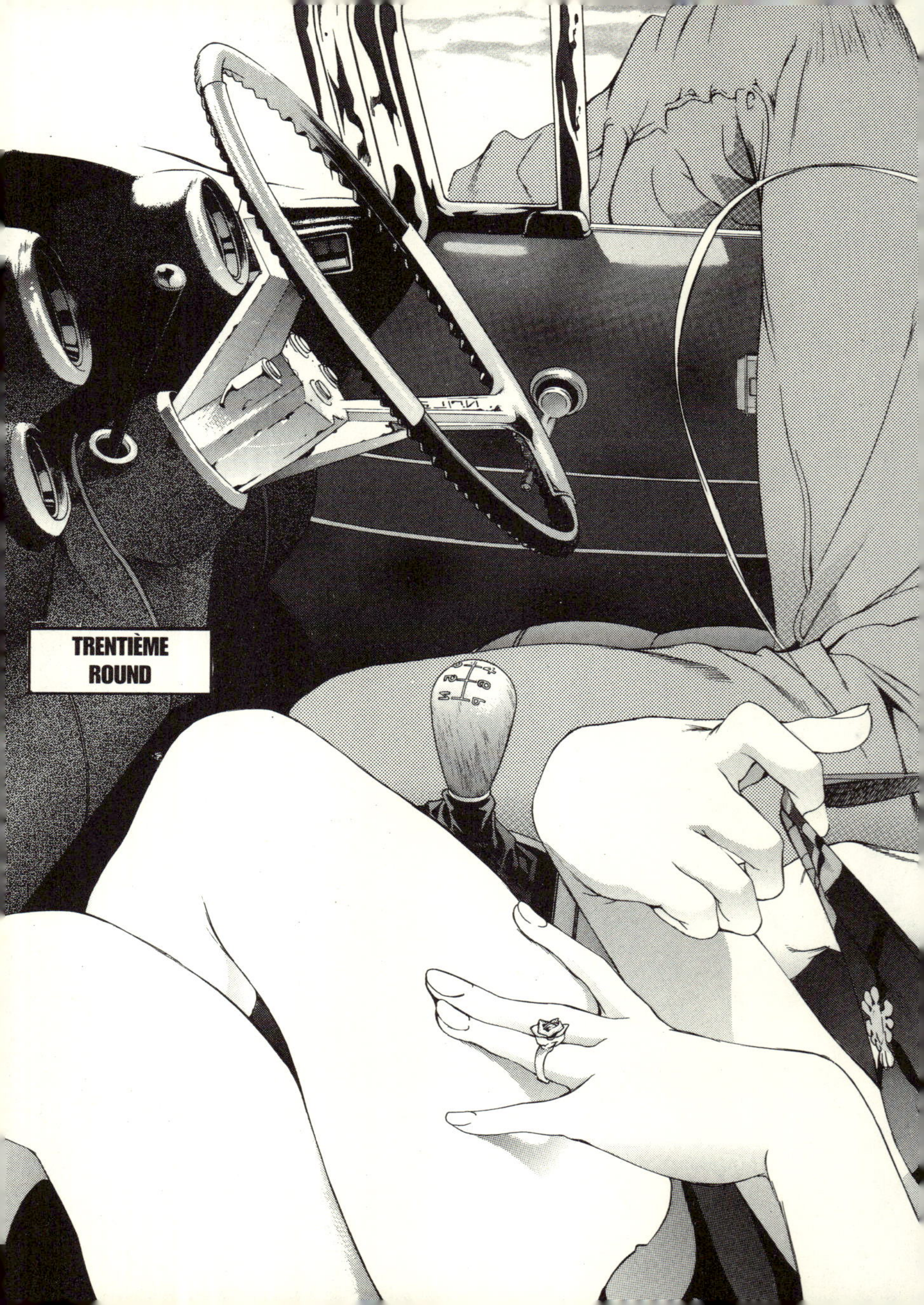
TRENTIÈME ROUND

MIAOU ...
MM... J'AI DÛ M'EN-DORMIR ...
PARDON.
C'ÉTAIT PAS LA PEINE DE T'INQUIÉ-TER.
MIAOU...
FRISH
MIAOU...
MIAOU...

PFIOU ...
ÇA FAISAIT LONG-TEMPS ...
... QUE J'AVAIS PAS FAIT CE RÊVE ...
FSSSSH
FSSSSH
QUOI ?
TU AS FAIM ?
KLANG
KLANG
FSSH
T'IMAGINES PAS À QUEL POINT J'EN-VIE...
... TA LIBERTÉ.
ALORS ?
C'EST BON ?
STRECH
NNNNN
STRIUCH

PFF...
STRUSH
MAINTENANT QUE J'Y PENSE...
CES DERNIERS TEMPS, SHIN RENTRE PLUS TARD QUE D'HABITU-DE.
MM ?
DARH
DAS

CRITCH
CRITCH

AAAAAAH!
GULP
CRITCH
CRITCH
UBAAM
UFF
VDAN
SDAN

POSH
CATCH
PUNCH
PUNCHY

TA-DAN ! ♪
PLIK.
MIAOU ?

J'EN-
TENDS
COMME
...
... UNE
MÉLODIE.
C'EST
BIZAR-
RE.
CRITCH
CRITCH
CRITCH
CRITCH
STONF
HAN !
HAN !
HAN !
HAN !
HAN !
CRITCH
CRITCH
CRITCH
CRITCH

T'ES VRAIMENT UN CHEVAL DE RACE, TOI.
EXCUSE-MOI.
JE VOULAIS PAS T'IN-TERROMPRE.
ON DIT UN PUR-SANG.
POURQUOI C'EST PAS LA MÊME CHOSE ?
MIAOU ?
NON.
MES COUPS DE POING NE SONT PAS DE SIMPLES COUPS DE POING...
... MAIS DE COUPS DE TONNERRE.
STUNF
!!

QU'EST-CE QUE T'AS AUX MAINS ?
HEIN ?
AH...
TU VEUX PARLER DE ÇA ?
ÇA S'ARRÊTE JAMAIS ?
TU SAIS... IL Y A UN TYPE...
... QUI M'A DÉVORÉ LE COEUR.

SWOOSH
...
MOI...
JE SUIS LE FILS AÎNÉ DU CHEF DE L'ÉCOLE DE KISHI GAOH...
... ET J'AI EU BEAUCOUP D'ADVER-SAIRES.

... À UN PROF D'ARTS MARTIAUX CAPABLE DE RÉDUIRE EN MIETTES DES BLOCS DE PIERRE ÉNORMES.
D'UN ILLUSIONNISTE QUI SAVAIT MARCHER SUR L'EAU...
KUZUOHA...
MAIS LUI... C'EST PAS PAREIL.
ZAAAAAAAASHHH
ET POURQUOI TU M'AS MONTRÉ CE FILM ?
POURQUOI TU M'AS CHOISI, MOI ?
C'EST COMME SI SON CORPS ÉTAIT COUVERT D'AIGUILLES...
ON AURAIT DIT QUE QUELQU'UN D'AUTRE FAISAIT BOUGER MES MEMBRES, COMME SI J'EN AVAIS PERDU LE CONTRÔLE.
MAIS CE N'EST PAS TRÈS GRAVE.
IL Y A BEAUCOUP DE CHOSES QUE JE NE COMPRENDS PAS.

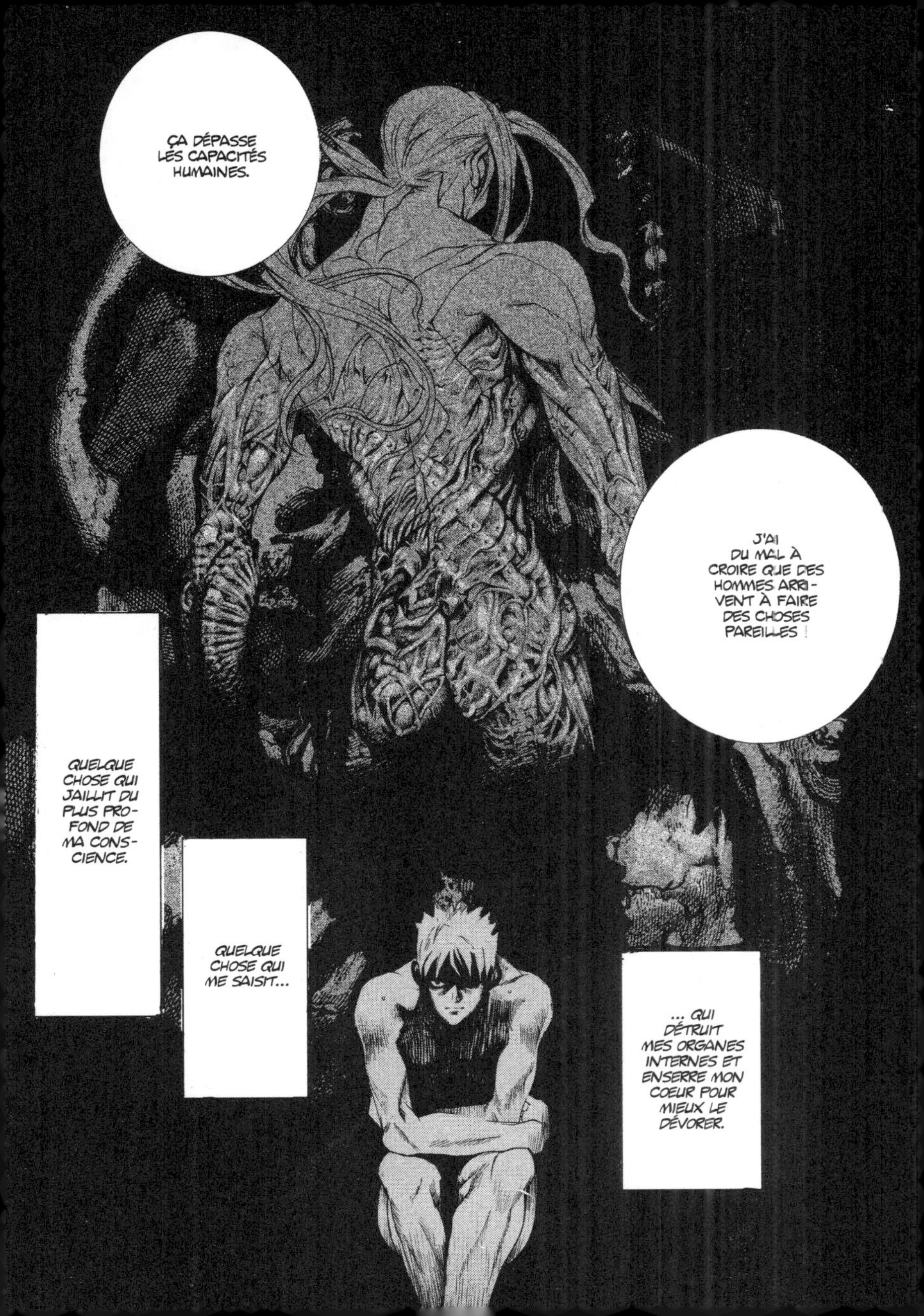
ÇA DÉPASSE LES CAPACITÉS HUMAINES.
J'AI DU MAL À CROIRE QUE DES HOMMES ARRI-VENT À FAIRE DES CHOSES PAREILLES !
QUELQUE CHOSE QUI JAILLIT DU PLUS PRO-FOND DE MA CONS-CIENCE.
QUELQUE CHOSE QUI ME SAISIT...
... QUI DÉTRUIT MES ORGANES INTERNES ET ENSERRE MON COEUR POUR MIEUX LE DÉVORER.

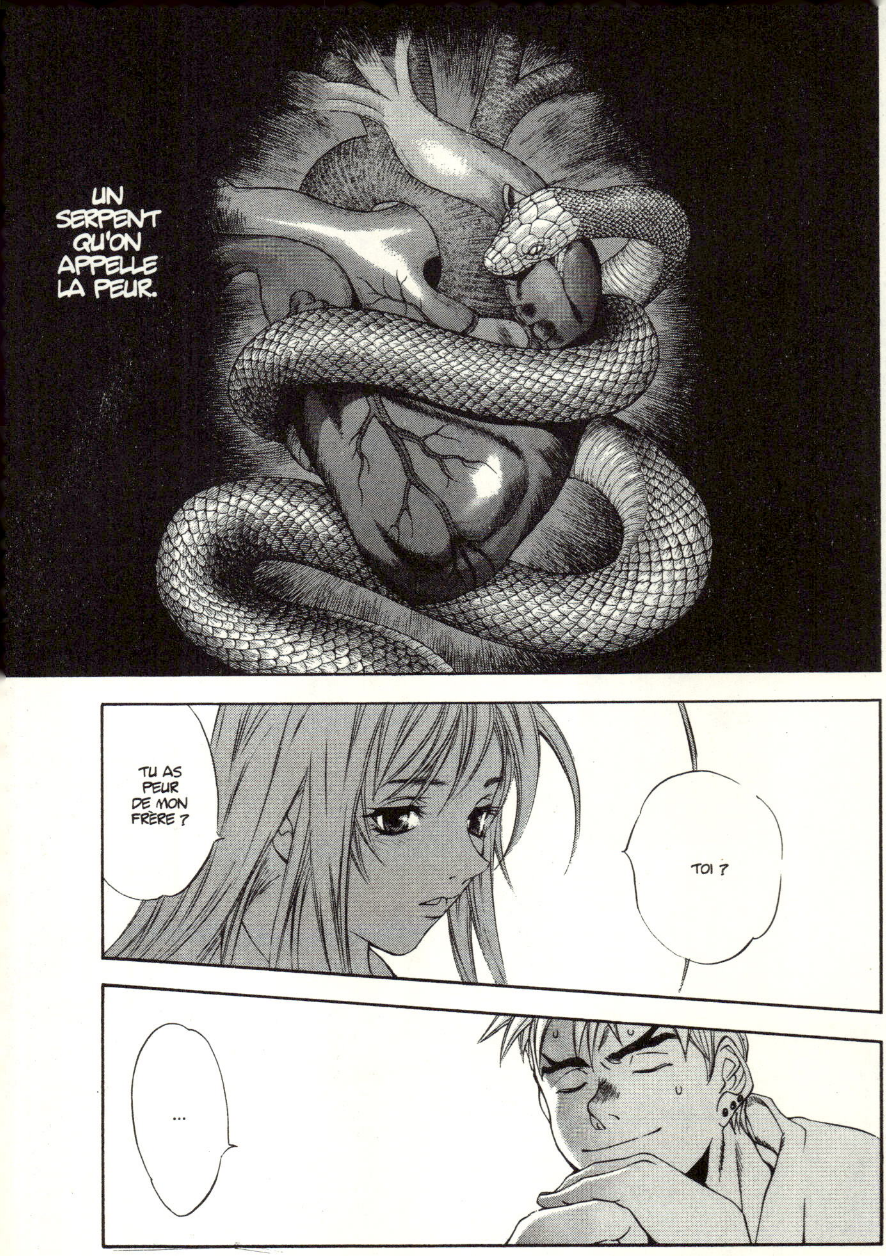
UN SERPENT QU'ON APPELLE LA PEUR.
TU AS PEUR DE MON FRÈRE ?
TOI ?
...

GULPP
JE SUIS UN COMBAT-TANT.
J'AIMERAIS L'AFFRONTER AU MOINS UNE FOIS.
SLUP
SBASH
MAIS SI JE LE FAISAIS MAINTE-NANT...
JE N'AURAIS AUCUNE CHANCE... JE PERDRAIS AVANT MÊME DE COMMEN-CER.

JE LE DÉTESTE, SANS POUR AUTANT...
... RÉUSSIR À L'AFFRONTER.
JE M'EN-FUIRAIS SANS COMBATTRE...
EN IMPLORANT SA PITIÉ.
À QUOI ME SERVENT CES POINGS ?
SI J'AI PEUR DE LUI...

TU DOUTES. ÇA PROUVE QUE TU AS DU COEUR.
ET EN CELA ...
... TU ME RESSEMBLES BEAUCOUP.
SI JE DEVAIS AFFRONTER QUELQU'UN QUE JE SUIS CAPABLE DE BATTRE...
... JE NE ME CONTENTERAIS PAS DE FAIRE LA CHASSE AU CLAN DU KATANA.

HAN HAN HAN HAN
JE... JE VOUS RÉPÈTE QUE JE SUIS UN DES TROIS FRÈRES TOBAKU.
VOUS DEVRIEZ CONNAÎTRE LA TECHNIQUE DU POING DE PRÉCISION.
DÉSOLÉ, MOI, JE PRATIQUE CELLE DU POING EN OR...
YASUJI...
AAH ...
PAF

SANADA, LE GARS QUI UTILISE L'ART DU MAH-JONG, C'EST VOTRE POTE, NON ?
AÏE !
OUI. C'EST UN DES FRÈRES TOKAKU.
ET J'EN AI RIEN À FOUTRE DE VOS MÉTHODES.
SDANG
SDAN
AÏE !
AÏE !
AÏE !
STRICH
STRICH
STRICH
VAS-Y, PARLE.
ET EXPLIQUE-MOI COMMENT VOUS AVEZ FAIT POUR RÉCUPÉRER LE TRUC QUE VOUS AVEZ SUR LE DOS.
SDRANG
PAR..
ARGH ...
JE VOUS CROIS. JE VOIS PAS COMMENT DES MINABLES COM-ME VOUS POUR-RAIENT BATTRE ISHIMATSU !
SPOK
MAIS NOUS, ON A RIEN À VOIR AVEC LA CHASSE AU KATANA.
TOBAKU NOUS A TRAHIS, IL S'EST SERVI DE NOUS.
CE SOIR-LÀ, ON A PASSÉ LA NUIT À BOIRE DANS UN BAR À KARAOKÉ.
ET ON A DÉCIDÉ D'ALLER PIONCER À L'ÉCOLE, POUR PAS ÊTRE EN RETARD LE LENDE-MAIN MATIN.
ON N'AVAIT RIEN D'AUTRE À FAIRE.

EN ARRIVANT, ON A VU LE TYPE ACCROCHÉ À LA GRILLE AVEC SON BLOUSON.
JE MENS PAS, C'EST LA VÉRITÉ.
ET L'AU-TRE?
TU L'AS VU ?
BLOTCH
IL FAISAIT NUIT. MAIS JE CROIS QUE C'ÉTAIT UNE FILLE.
ELLE AVAIT LES CHEVEUX LONGS.
NON ?
ET PUIS...
ELLE AVAIT DEUX ANTENNES, COMME LES INSECTES.
SI, JE VOUS JURE.
AH ?
BON.
ON EN SAIT ASSEZ, NON ?
ÇA ME PARAÎT CLAIR.
ÇA M'ÉTONNAIT AUSSI QUE BUNSHICHI VEUILLE NOUS FAIRE DES CACHOTTE-RIES.
TSK !
EUH... ON PEUT PARTIR MAINTE-NANT ?
OUAIS.

IL VA FALLOIR QU'ELLE PAIE POUR CE QU'ELLE A FAIT.
ÇA A BEAU ÊTRE LA SOEUR DE SHIN, ON PEUT PAS LAISSER PASSER UN TRUC COMME ÇA.
TU ES EN RETARD.
ON A DÉJÀ FINI.
STUMP
BLOTCH

VLONF
ISHIMATSU AUSSI, IL A CRIÉ QUAND JE L'AI DÉCALQUÉ.
MIAOU
MIAOU
MIAOU
IL Y EN A TOUJOURS UN QUI FINI PAR CAFTER.
MAIS POUR-QUOI...
... TOUTE CETTE HISTOI-RE ?
TU SAIS...
ILS SONT AU COURANT.

SWIF
TU VEUX QUE JE TE DISE ?
C'EST POUR EMMERDER SHIN.
S'IL EST DEVENU TRÈS FORT ...
... C'EST JUSTE POUR ME PROTÉGER. IL DIT QUE "JE SUIS BONNE À RIEN".

MAIS J'ANÉANTIRAI TOUT CE QU'IL A CONSTRUIT.
ET QUAND J'EN AURAI TERMINÉ, C'EST MOI QUI SERAI LA PLUS FORTE.
SI JE LE FAIS PAS...
... SHIN VA CONTINUER ...
... À SE COMPORTER COMME UN SAUVAGE.

TRENTE ET UNIÈME ROUND

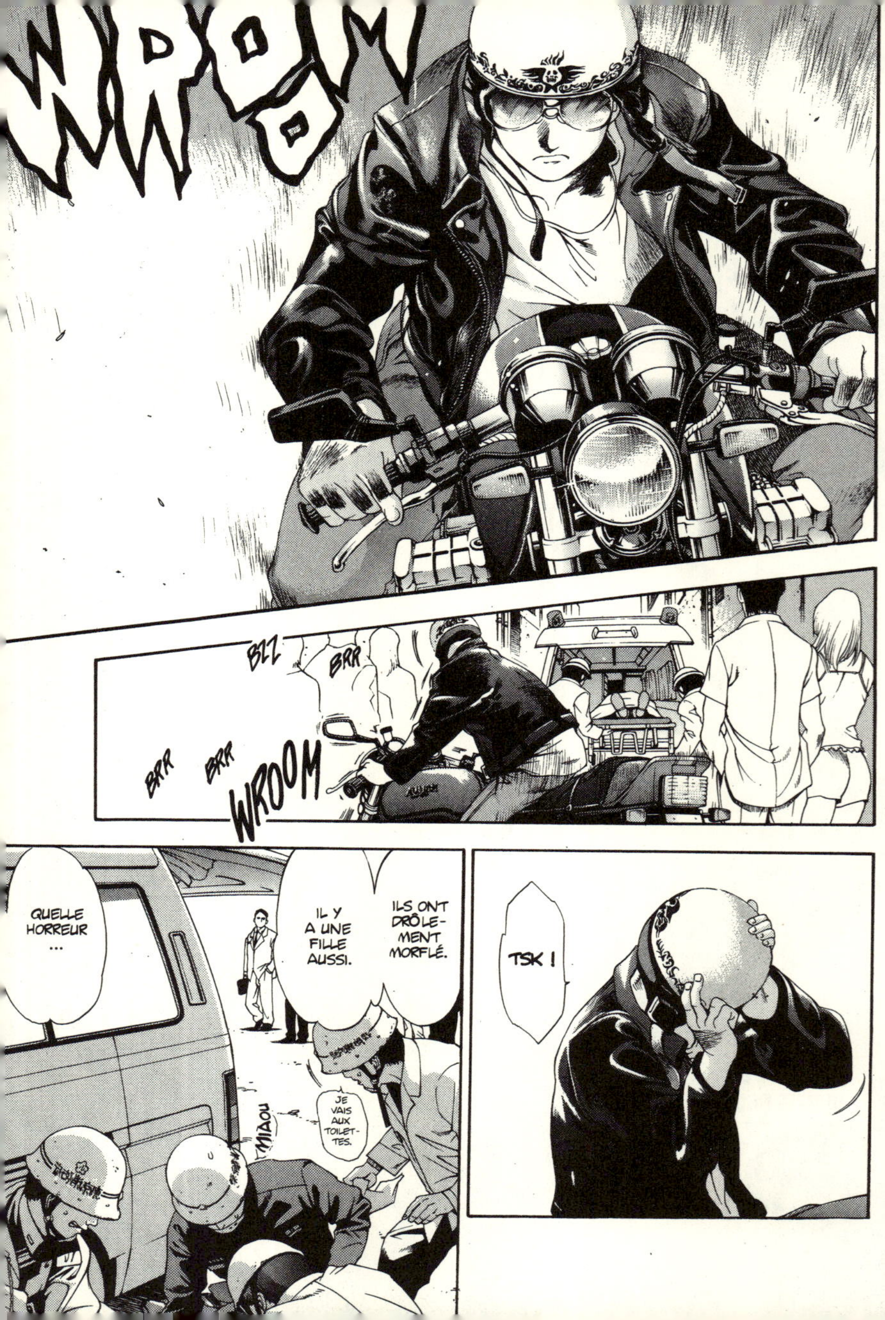
WROOM
BZZ
BRR
BRR
BRR
WROOM
QUELLE HORREUR ...
IL Y A UNE FILLE AUSSI.
ILS ONT DRÔLEMENT MORFLÉ.
JE VAIS AUX TOILETTES.
MIAOU
TSK !

HÉ, VIEUX ! T'ES PAS MORT ?
HÉ !
QU'EST-CE QUE TU VEUX ?
TU LE CON-NAIS ?
NON ! LE SECOUE PAS !
C'EST PAS VRAI !
... QUI A FAIT ÇA ?
C'EST SHIN...
FAIS-MOI UN SIGNE DE LA TÊTE.
BUNSHI ...
COUGH
AH...
BU...
AAAAH!
!
AAAH...
OUI, SHIN.
C'EST LUI, HEIN ?
... N... ?
SHI...

AH...
ILS SONT DÉJÀ ASSEZ ABÎMÉS COMME ÇA.
TU VAS LES LAISSER ?!
AAAAAH !
AAAH !
SHI... SHIIIN !
AH...
AIDEZ-MOI À ÉLOIGNER CE TYPE !
OUCH !
AH...
AAAH !
AH...
AH !
!!
MM ?
ÇA VA, DITES ?
AH... COMMENT VOUS VOUS SENTEZ ?
GULP
HAN !
HAN !
N-NOUS...!
N...
ARGH ... OUI.
HÉ... TU AS VU ?
TSK !

TRR
TRR
TRR
COMPRIS ?
ALORS, FOUS-NOUS LA PAIX.
ON QUITTE LE CLAN DU KATANA.
DORÉNAVANT, ON VEUT PLUS RIEN AVOIR À FAIRE AVEC VOUS.
ILS ONT LA TROUILLE.
WUTAN !
LAISSE TOMBER, BUNSHI-CHI.
AAH...
AAH...
AAAH...
HEIN ?
RÉPÈTE, UN PEU !
ÇA, ALORS...
DES OS DE CASSÉS.
MAIS JE SUIS TROP LOURD POUR LEUR BRANCARD.
SI.
ET TOI, TU N'AS RIEN ?

J'AIMERAIS TOUT OUBLIER ET PROFITER DE LA VIE.
... DE ME BATTRE POUR SAVOIR QUI EST LE PLUS FORT.
J'EN AI MARRE...
WUTAN... JE...
MAIS ILS DOIVENT SAVOIR QUI C'EST.
J'AI CACHÉ LE NOM DE L'INITIATEUR DE LA CHASSE AU CLAN DU KATANA...
C'EST VRAI.
CWUFF
JE VAIS FAIRE PAYER À SHIN TOUT CE QU'IL A FAIT.
C'EST DÉCIDÉ.

DEPUIS LE TEMPS ...
IL A DÛ OUBLIER MON SUR-NOM.
...
HÉ... MAIS CE TYPE...
C'EST PAS TAWARA ?
JE LE RECON-NAISSAIS PAS AVEC CETTE COIFFURE.
HEIN ? QUI ?
TU SAIS PAS QUI C'EST ? C'EST UNE CÉLÉBRITÉ.
J'ÉTAIS AVEC LUI AU COLLÈGE.
TOUT LE MONDE VOULAIT LUI RESSEM-BLER.

QUAND LE KATANA A ÉTÉ CRÉÉ, IL DIRIGEAIT L'UNITÉ SPÉCIALE DE COMBAT C'ÉTAIT UN DIEU DE LA GUERRE IL ÉTAIT CAPABLE DE VAINCRE À LUI SEUL TOUS NOS ENNEMIS...
LA BATAILLE POUR LA VICTOIRE ULTIME ! ON RACONTE TELLEMENT DE CHOSES SUR LUI !
70 MORTS AU COL DE LA FOSSE !
DOUBLE IMPACT TAWARA !
RECONSTITUTION DES ÉVÉNEMENTS
NON SEULEMENT DU CLAN DU KATANA...
... MAIS DE TOUT L'INSTITUT.
TU ES LE MEILLEUR.
BUN-SHICHI ...
QU'EST-CE QUE T'EN SAIS ?
POUR L'INSTANT, IL N'A PAS BOUGÉ.
MAIS S'IL DEVAIT L'AF-FRONTER, SHIN N'EN SORTIRAIT PAS INDEMNE.

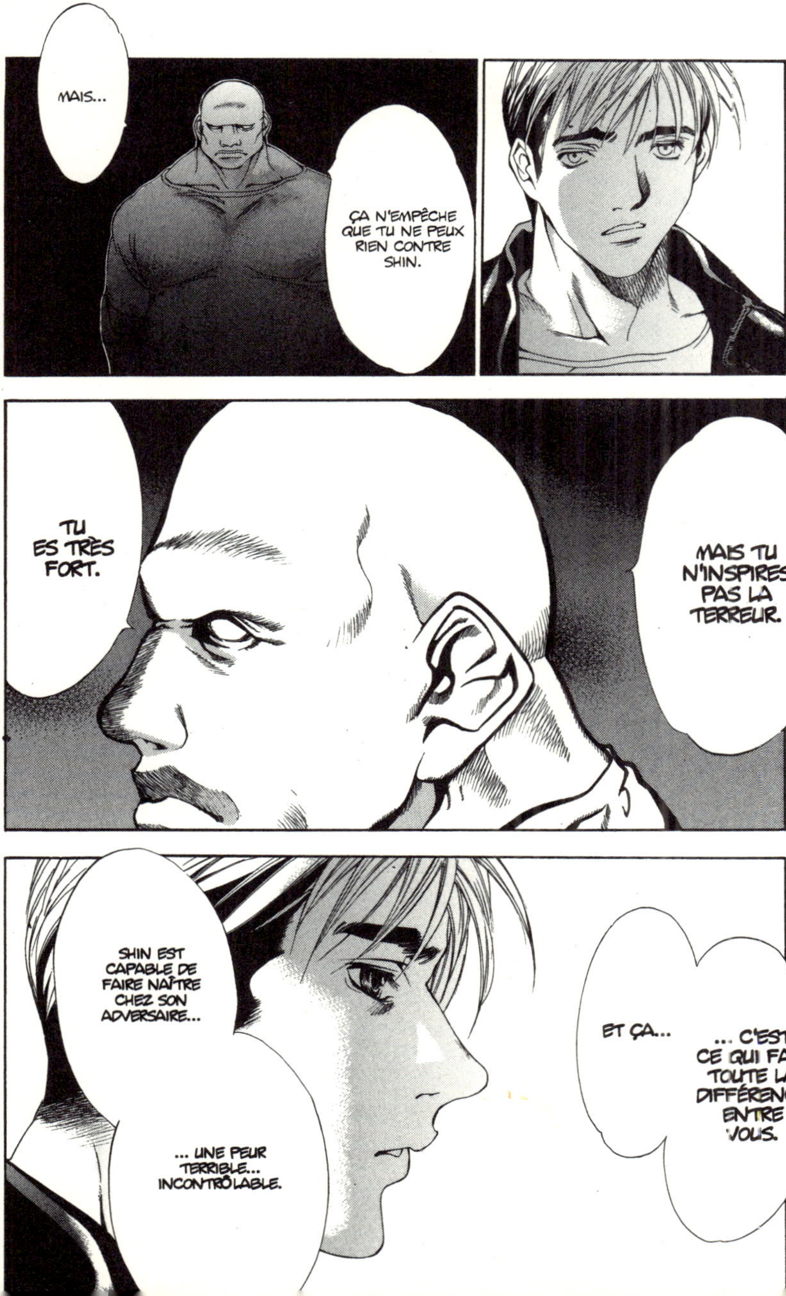
MAIS...
ÇA N'EMPÊCHE QUE TU NE PEUX RIEN CONTRE SHIN.
TU ES TRÈS FORT.
MAIS TU N'INSPIRES PAS LA TERREUR.
SHIN EST CAPABLE DE FAIRE NAÎTRE CHEZ SON ADVERSAIRE...
... UNE PEUR TERRIBLE... INCONTRÔLABLE.
ET ÇA...
... C'EST CE QUI FAIT TOUTE LA DIFFÉRENCE ENTRE VOUS.

CRIIK

30

SCKING
SWUP
TU ES EN RETARD.
SCRINN

TU ES VENU JUSQU'ICI EN VÉLO ?
T'AURAIS PU APPELER.
J'AI EMPRUNTÉ CE VÉLO DEVANT LA GARE.
J'AVAIS UN TRUC À FAIRE...
CHLANG
JE VOIS. TABASSER TES POTES, TU APPELLES ÇA "UN TRUC À FAIRE" ?
PERMET-TEZ-MOI DE VOUS PRÉSEN-TER.
...

GRAND MAÎTRE DE L'ÉCOLE DE KISHI GAOH...
ÇA FAIT UNE ÉTER-NITÉ ...
DOHGEN TAKAYANAGI.

NE T'EN FAIS PAS.
TOUT IRA BIEN.
KUZUNOHA ...
LAISSE-NOUS SEULS UN MOMENT.
AH...
EUH... BIEN.
DANS CE CAS...
FUFF
...

ELLE...
... NE TE PLAÎT PAS ?
IL PARAÎT QUE TU NE L'AS MÊME PAS TOUCHÉE.
ET QU'ELLE COUCHE AVEC UN AUTRE.
MAÎTRE !
VENONS-EN AU FAIT.
JE NE SUIS QU'UN ÉLÈVE, MAIS JE N'AI PAS DE TEMPS À PERDRE.
AH ?
AH, AH !
EN VENIR AU FAIT ?
MM...
MPF !
TU N'AS QU'À DEVINER.
SERS-TOI DONC DE TON...
... OEIL DU DRAGON, C'EST ÇA ?!

...
MADEMOI-SELLE ?
DES HOMMES SONT CACHÉS PARTOUT, PRÊTS À BONDIR AU MOINDRE PROBLÈME...
HÉ, HÉ...
NE VOUS EN FAITES PAS, MADE-MOISEL-LE.
UNE ÉQUIPE LE SURVEILLE EN PER-MANENCE ET ENRE-GISTRE LE MOINDRE DE SES MOUVE-MENTS.
ET DÈS SON PLUS JEUNE ÂGE, SHIN NATSUME A MONTRÉ QU'IL ÉTAIT DIFFÉRENT.
CONTRÔLER LES ÊTRES DOTÉS DE POUVOIRS FAIT PARTIE DES DEVOIRS DE LA FAMILLE TAKAYANAGI.
EN TOUT CAS, C'EST CE QUI ÉTAIT PRÉVU.
...
MOI, ON M'A CONFIÉ LE RÔLE DE LA FIANCÉE.

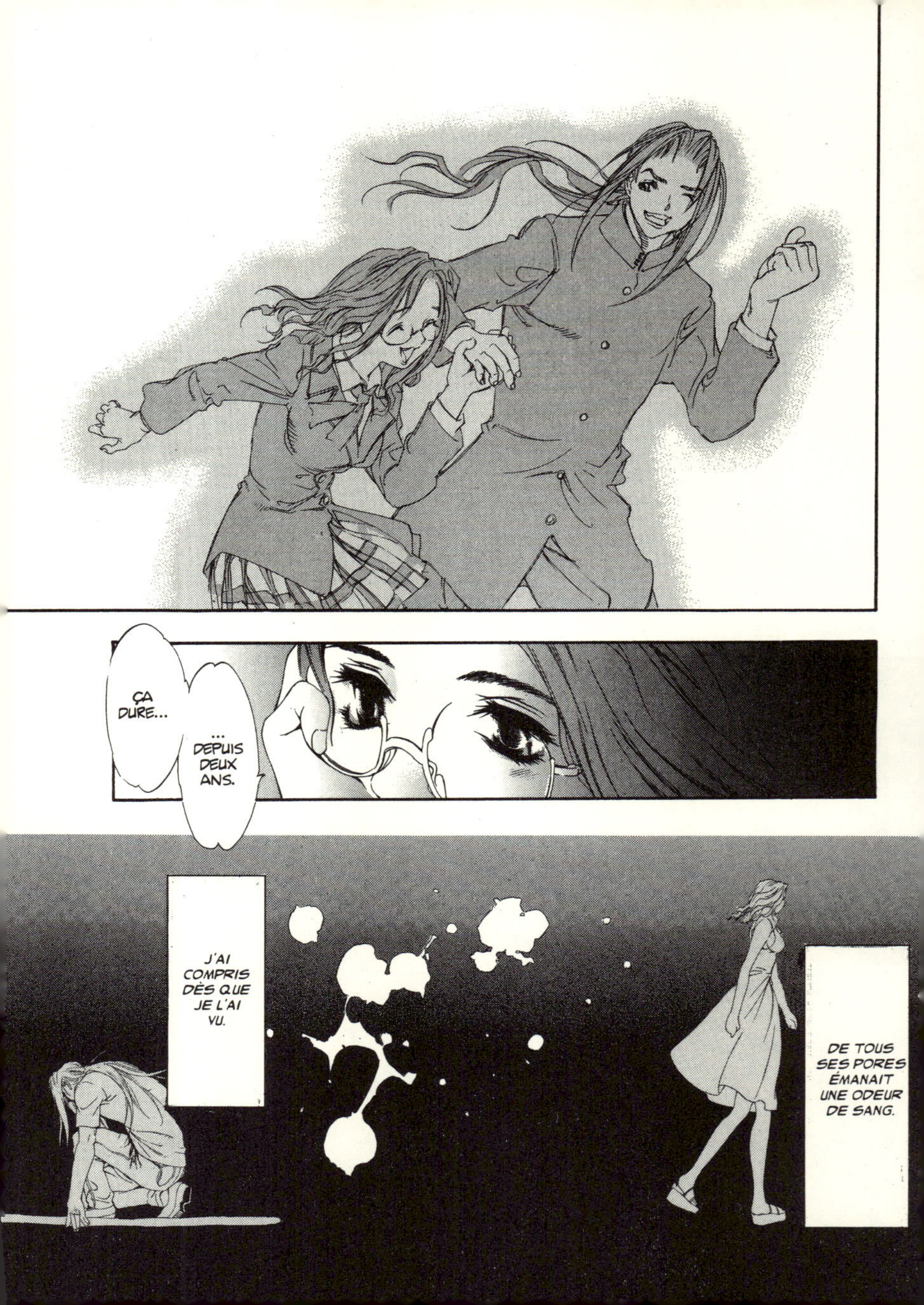

ÇA DURE...
... DEPUIS DEUX ANS.
J'AI COMPRIS DÈS QUE JE L'AI VU.
DE TOUS SES PORES ÉMANAIT UNE ODEUR DE SANG.

MON SHIN ...
... EST TOUJOURS EN VIE.
SWUFF
AUJOURD'HUI ...
COMMENT PUIS-JE ENCORE AVOIR DE L'AFFECTION POUR LUI ?
COMMENT EST-CE POSSIBLE ?
WEEWOO
WEEWOO
WOO
WEE

ET ÇA, C'EST CE QUI FAIT TOUTE LA DIFFÉRENCE ENTRE VOUS.
IL M'A ÉNERVÉ.
TSK !
IL A FALLU QU'IL CAFTE...
TU N'INSPIRES PAS LA TERREUR.
VRR
VRRR
MAIS...
CE QUI ME FOUT PLUS LA HAINE ...

!!
POURQUOI TU ME FILMES AVEC TA PUTAIN DE CAMÉRA ?
T'EN AS ENCORE POUR LONGTEMPS ?
...
AH...
WUOP

HÉ ! QU'EST-CE QUI SE PASSE ?
EH ?
SWUF
!!
SPOONK

GRICCH
!!
NGH !!
SCUFF
SLAFT
TUMP
BATCH
SPAF
HÉ, TOI !
AH, C'EST RIEN, MONSIEUR L'AGENT.
JUSTE UNE PETITE DISPUTE ENTRE AMOUREUX.
BEAUCOUP DE BRUIT POUR RIEN...
MERDE ...
MOI QUI RÊVAIS D'UNE VIE TRANQUILLE ...
... LÀ, C'EST RAPÉ.

MERDE !
UOCH...
CRUSH

RR
TSK !
JE L'AI RATÉE.
MPFF!!
SKREEEK
COFFEE RASHOMON
VIENS. PRENDS-MOI DANS TES BRAS...
YAAH
VIENS, JE VAIS TE MONTRER COMMENT ON FAIT L'AMOUR.
JE VAIS TE FAIRE PAYER EN NATURE CE QUE TU M'AS FAIT.
HÉ, ARRÊTE !
ATTENDS-MOI, MON CHOU !
GRANDE GUEULE.
SDRANG
SDRANG

ALORS, T'AS PLUS DE SOUFFLE ?
BOUGE PAS, J'ARRIVE.
STRUCH
STRUCH
STRUCH
PEUH !
HAN !
HAN !
KOF !
KOF !
... APPROCHE ET...
PUISQUE T'AS TELLEMENT ENVIE DE MOI...
... LAISSE-MOI TE CARESSER !

MM ?
TIENS, TIENS, UNE LANCEUSE DE COUTEAUX.
C'EST LA PREMIÈRE FOIS QUE J'EN VOIS UNE.
INTÉRESSANT !
SWUINN
!!
WRRRRRRR R R
BOOOOOM
!!
KRAAASH

VLRAK
TOON
TON
AH !
ARGH !
...
QUE ...?!
ALORS, C'EST VRAI ?
VROUM
OUPS!
VROOOM
ET MAINTENANT, LE COUP DE GRÂCE !
SCREEEEEEEEEEEE

GWAASH
TRAP
IL EST VRAIMENT FORT...
... CET ENFOIRÉ !!!

AAAAAHH !
POURQUOI FAUT TOUJOURS QUE JE ME FÂCHE ?
POURQUOI TOUJOURS SE FAIRE LA GUERRE ?

C'EST LA FAUTE DE CET IMBÉCILE.
AH...,
DOUBLE IMPACT TAWARA !
MERDE...
SI JE REVIENS, JE TE DONNE LA PUNITION QUE TU MÉRITES.
TROISIÈME ANNÉE DE L'INSTITUT TOUDOU.
AU FOND, JE SUIS CELUI...
... QUI TE CONNAÎT LE MIEUX.
LES PRÉSENTATIONS SONT FAITES.

LES PRÉSENTATIONS SONT FAITES.
TAWARA ÉTAIT UN VÉRITABLE DIEU DE LA LUTTE !
MAIS C'EST QUOI, CES CONNERIES ?
FUCK YOU!
C'EST LA VÉRITÉ !
JE SUIS PAS UNE MENTEUSE.
UFF
AAAH

TRENTE-DEUXIÈME
ROUND

WROM
HEIN ?
MAIS NON, JE TE DIS.
JE RENTRE TÔT, PROMIS.
TU M'ÉCOUTES, OUI OU NON ?
UN RENDEZ-VOUS ? OÙ ÇA ? DE QUOI TU PARLES ?
ATTENDS UNE SECONDE, J'AI UN CLIENT.
NON ! PRÉPARE LE DÎNER ET ATTENDS-MOI !
SWUPP
GLOM
!!

...
MAIS... LA FILLE EST BLES-SÉE... AH, LES JEU-NES...
JE VAIS FAIRE COMME SI J'AVAIS RIEN VU.
ARGH ...

QU'EST-CE QUE TU FAIS ?
HÉ, ÇA VA PAS ?!
AAAAH !
T'AS PAS LE DROIT DE REFUSER DES CLIENTS.
IL VOULAIT ME TUER ...
BRRR !
CONDUIS-NOUS À CETTE ADRESSE.
BIP BIP
BEEP
JE TE PAYE LE DOUBLE.
WROM
NGH...
GULP
D'A...
D'ACCORD...
FAIS PAS LE CON, VIEUX.

* OISEAU DE LA MYTHOLOGIE CHINOISE. SON CORPS EST COMPOSÉ DE PLUSIEURS PARTIES D'ANIMAUX DIFFÉRENTS : TORTUE, DRAGON ET KIRIN.

ET ILS M'ONT MIS DU SANG PLEIN LES SIÈ-GES. C'EST LE PATRON QUI VA ÊTRE CONTENT.
!!
ME VOILÀ DANS DE BEAUX DRAPS...
C'EST SÛREMENT UN MAFIEUX... EN PLUS IL M'A MENACÉ.
WOM WOOM
WOM WROOM
WROOM
SCREECH
SCREECH
TSK !
WOOM
POK
WROOM
SPOK
SPOK
SPOK
SPOK
SPOK
SCREECH

HYAAAAAH
ALORS ...
QU'EST-CE QUE T'ATTENDS, VIEUX ?
TU PEUX PAS T'ENFUIR.
AAAAAH !!
RIIK
HEIN ?!
ARRÊTE-TOI OU T'ES MORT !
MAIS MOI, J'AI RIEN À VOIR LÀ-DEDANS.
TU PEUX DIRE CE QUE TU VEUX...
ALORS, JE ME GARE, POINT.
ILS NOUS ATTAQUERONT PAS !
EN THÉORIE ...
CONTINUE ! TANT QU'ON A LA FILLE...

ESSAYE ET JE LUI COUPE LA GORGE.
APRÈS, VU QU'ILS ME TUERONT AUSSI...
NOS ÂMES MAUDITES VIENDRONT TE HANTER JUSQU'À LA FIN DE TES JOURS.
NON, LAISSÉ-LA !
MAIS C'EST PAS VRAI. C'EST PAS VRAI.
QU'EST-CE QU'ON FAIT ? ON POURRAIT LEUR COUPER LA ROUTE.
NON...
LA PETITE ISUZU EST DANS LA BAGNOLE.
ON RÉSOUDRA LE PROBLÈME QUAND ON SERA ARRIVÉS.
ILS NE PERDENT RIEN POUR ATTENDRE.
NE LES PERDONS PAS DE VUE.

JE SAIS PAS POURQUOI, MAIS J'AI JAMAIS DE BOL.
J'AI TOUJOURS ÉTÉ HONNÊTE ET ÇA M'A JAMAIS RIEN RAPPORTÉ.
ET MA FEMME EST CONTENTE QUE JE RENTRE TARD. ÇA LUI LAISSE TOUT LE TEMPS POUR ME TROMPER.
SI J'AVAIS PAS TÉLÉPHONÉ, ELLE SERAIT SÛREMENT DÉJÀ SORTIE...
ET MAINTE-NANT, ME VOILÀ EMBARQUÉ DANS CETTE AFFAIRE...
NE DIS PAS ÇA.
ÇA PEUT PAS ÊTRE PIRE QUE MOI.
BAN BAN
ESPÈCE DE CRÉTIN, TU T'ARRÊTES OU QUOI ?
JE VAIS TE CREVER !
...
AH, OUI ?
QUELQU'UN A ESSAYÉ DE M'ÉCRASER.
ET MA MOTO EST COMPLÈTEMENT EXPLOSÉE... UN TAS DE FERRAILLE.

ET ÇA FAIT QUE COMMEN-CER.
MON MEILLEUR AMI A DÛ FAIRE UNE GROSSE CONNERIE.
IL A UNE FORCE INCROYABLE MAIS...
IL EST TELLEMENT BÊTE QU'IL SAIT MÊME PAS L'EXPLOITER.
JE SUIS SÛR...
... QUE C'EST VRAI.

QUEL CON, CELUI-LÀ !
ON PENSAIT À RIEN D'AUTRE...
ON PASSAIT NOTRE TEMPS À S'AMUSER ...
TU AVAIS LES YEUX...
ON SE CONNAÎT DEPUIS DIX ANS.
... QUI BRILLAIENT QUAND AYA ÉTAIT EN DANGER.
MAIS ÇA...
C'EST LA SEULE CHOSE QUI COMPTE POUR TOI.
C'EST TELLEMENT ÉVIDENT...
... QUE JE M'EN ÉTAIS PAS RENDU COMPTE AVANT.
LE RESTE N'A AUCUNE D'IMPORTANCE...

WROOM
...
SKLACK
SCREE
TON
TON
TON
CLAK

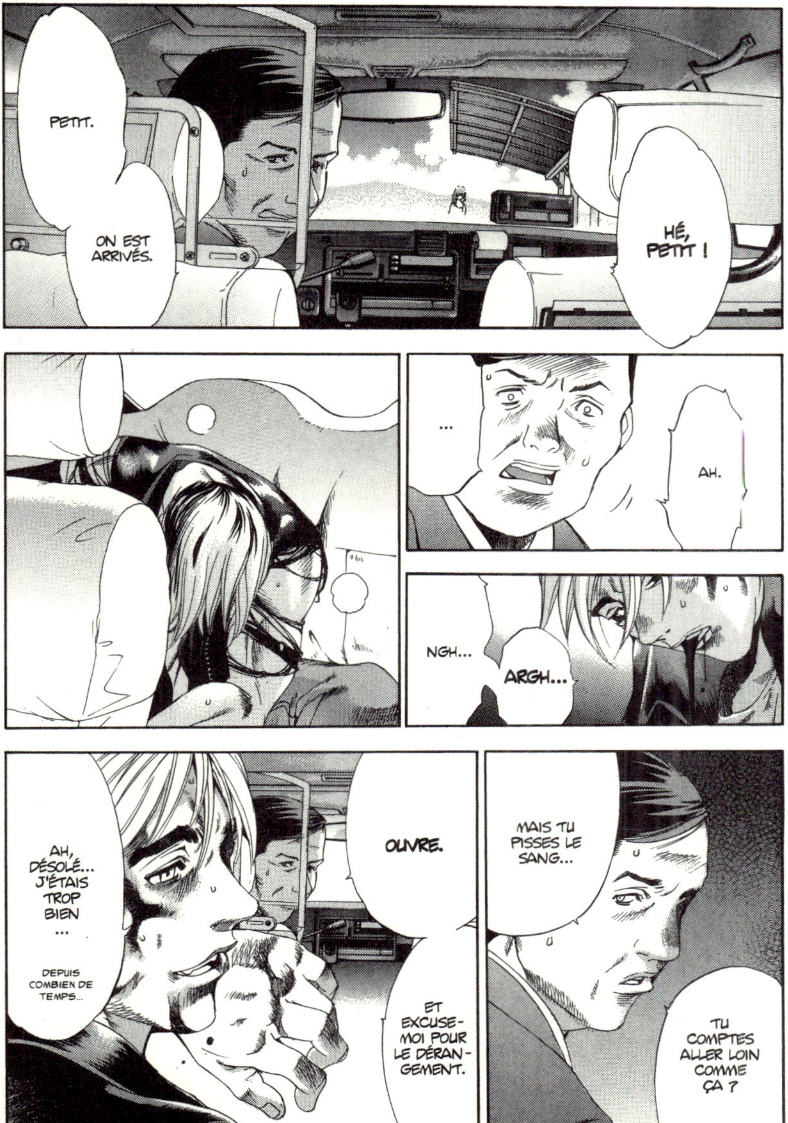
PETIT.
ON EST ARRIVÉS.
HÉ, PETIT !
...
AH.
NGH...
ARGH...
AH, DÉSOLÉ... J'ÉTAIS TROP BIEN ...
DEPUIS COMBIEN DE TEMPS...
OUVRE.
ET EXCUSE-MOI POUR LE DÉRANGEMENT.
MAIS TU PISSES LE SANG...
TU COMPTES ALLER LOIN COMME ÇA ?

TÔT OU TARD, TU LE VERRAS. JE SAIS PAS MOI... UN SUÇON...
OU UN CADEAU DE SON AMANT.
ÉCOUTE, VIEUX...
SI TA FEMME TE TROMPE...
ET QUAND TU SERAS SÛR, TU FERAS QUOI ?
TU FERAS SEMBLANT DE RIEN VOIR ?

AU MOINS, SI TU CONTINUES À FAIRE COMME SI DE RIEN N'ÉTAIT, T'AURAS L'IMPRESSION D'ÊTRE HEUREUX.
TU SAIS...
MOI AUSSI...
... JE CONNAIS ÇA.
...
HÉ, PETIT ...
MONTRE-LEUR QUE T'ES LE PLUS FORT !

ザ
ZA
WROM

HÉ, SHIN !
TU TOMBES BIEN, JE TE CHERCHAIS. ♥
BONJOUR.
QU'EST-CE QUE TU VEUX, BUNSHICHI ?
TIENS, AVEC ÇA, PAR EXEMPLE, ON SAIT TOUJOURS OÙ TU ES.
T'AS REMARQUÉ COMME Y A PLEIN DE TRUCS UTILES ?
GÉNIAL...
DES CAPTEURS...
JE LUI EN AI COLLÉS AU MOINS TROIS SUR LE CORPS.
PAUV...
... TARÉE !
JE T'AI RIEN DEMANDÉ, TORDUE !

POURQUOI TU L'AS FAIT VENIR JUSQU'ICI ?
FU CHE IN !
ON AVAIT UNE AFFAIRE IMPORTANTE À RÉGLER AUJOURD'HUI.
FU CHE IN.
TORDUE ...
JE TE PRIE ...
... DE BIEN VOULOIR ACCEPTER MES PLUS PLATES EXCUSES, KUZUNOHA.
MAIS MOI, FU CHE IN...
... J'AI EU UN PRESSENTI-MENT.
JE ME TROMPE PEUT-ÊTRE ...

SONY
64MB
MEMORY STICK
TOUT ÇA NE SERAIT PAS ARRIVÉ SI TU N'AVAIS PAS DONNÉ LA CASSETTE À MITSUOMI.
À CAUSE DE TOI, IL A COMPRIS CERTAINES CHOSES...
... ET ON A DÛ LE GARDER À L'OEIL.
ET DEPUIS QUAND TU TE FIES À TES INTUITIONS DANS LE BOULOT ?
AH, OUI ?
PAS LA PEINE DE TE FÂCHER ...
CRAK
EH, OUI...
AH, AH !
MER...
...!!
S'ILS ONT VRAIMENT ENVIE DE SE TAPER DESSUS, QU'ILS LE FASSENT.
MAIS, FINALEMENT, C'EST PAS SI GRAVE.

TÔT OU TARD, DE TOUTE FAÇON, ÇA FINIRA PAR ARRIVER.
AU FOND, CE SONT DES RATS DE LABO-RATOIRE À L'INSTITUT TOUDOU.
C'EST VRAI...
FU CHE IN !

SHIN...
C'EST QUOI, CETTE HISTOIRE ? QU'EST-CE QUE ÇA VEUT DIRE ?
TU...
TU ÉTAIS AU COURANT, HEIN ?

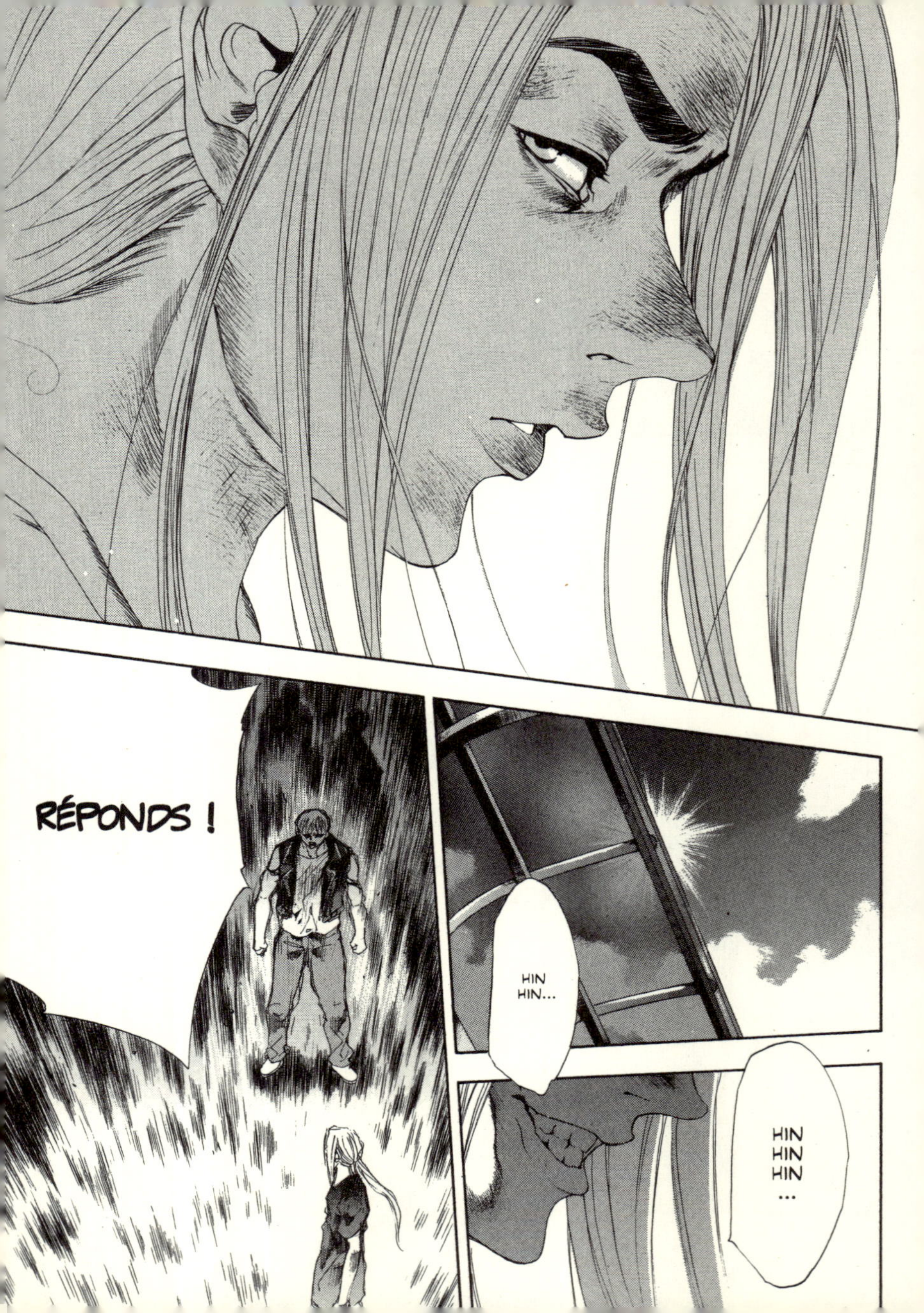
RÉPONDS !
HIN HIN...
HIN HIN HIN ...

AH !
AH !
AH !
AH AH AH!
AH !
AH AH !
AH !
AH !
AH, AH !
SHIN...
...

BUNSHICHI, TU...
TU COMMENCES À ME GONFLER.

UGGH...
MAIS QUE...?
JE LE RECONNAIS PLUS...
EH...
DEPUIS LE TEMPS QU'ON FAIT SEMBLANT D'ÊTRE COPAINS, VOUS AURIEZ DÛ VOUS EN DOUTER, NON ?
ALORS, ME REGARDEZ PAS COMME DES DÉBILES !

IL EST DANGEREUX !
OH !
AAAH !
MAÎTRE, NE RESTEZ PAS LÀ !
JE SUIS LE CHEF DU CLUB DES EXÉCUTEURS...

OH...
HH
HH
... SHIN NATSUME !

ZWIIIIIIIN
GRR !
HÉ, HÉ...
QUEL DOMMAGE...
JE SUIS VENU TE SAUVER !
MAIS D'ABORD...
JE VAIS DEVOIR TE PURIFIER...
UHHHH
CRICH
CRICH
IL FAUT CHASSER TES DÉMONS INTÉRIEURS.

TRENTE-TROISIÈME
ROUND

CRITCH
CRITCH
CRAK
ET...
MAIS IL EST TRÈS FORT.
JUSQU'À MAINTENANT, PERSONNE N'A RÉUSSI À LE BATTRE.
...
IL VA SE FAIRE TUER.
IL EST MALADE ?!
IL EST DE QUELLE ÉCOLE ?
AUCUNE.
AAAAAAAA
PLITCH
PLITCH
PLITCH

C'EST LE PLUS PUR DE L'INSTITUT TOUDOU.
GRRRR.
WAOH ...
WIIISH

SLING

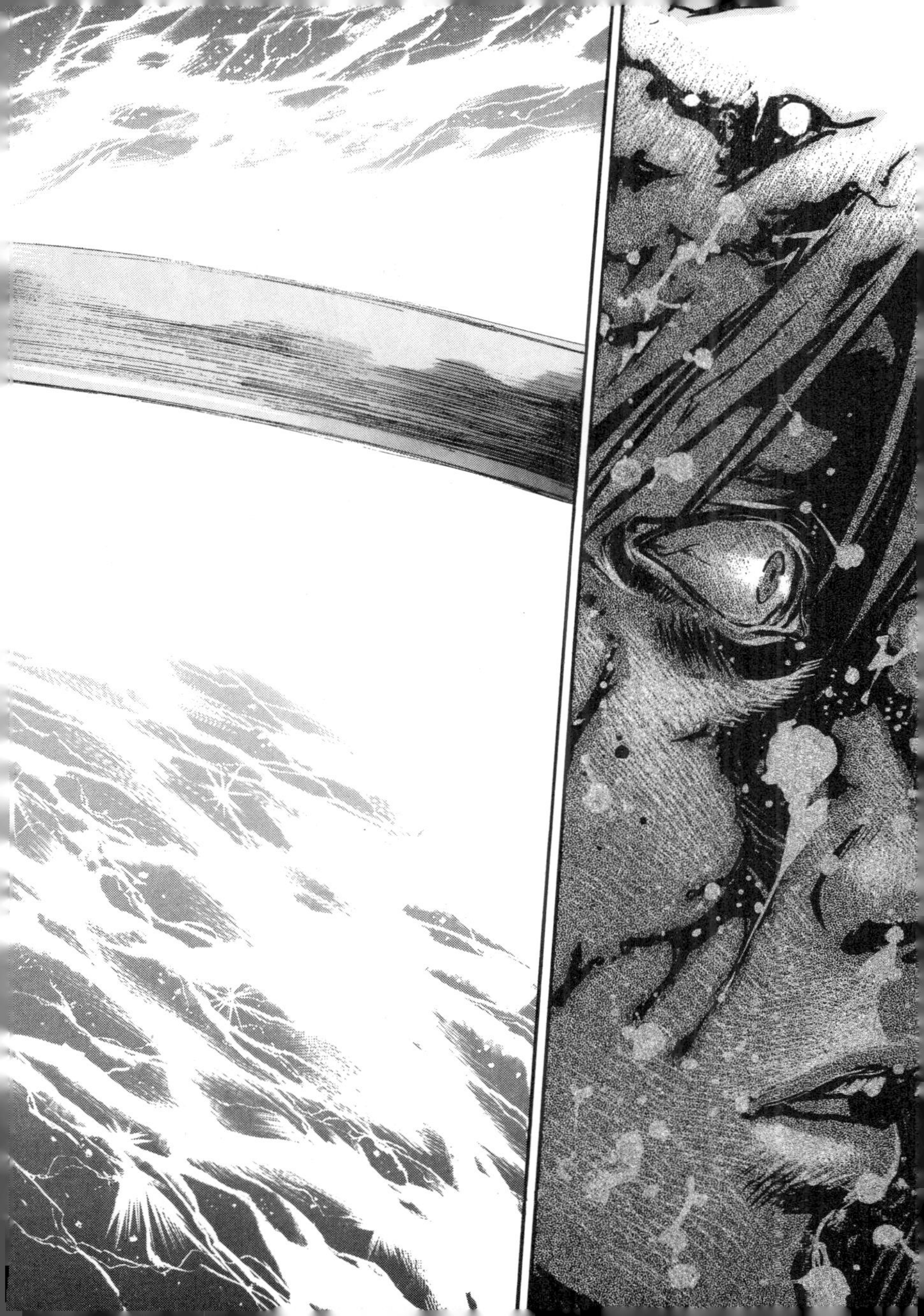

HEIN ?!
TSK !
HIN HIN !
SALAUD !
TAP

WUSH
SCRITCH
HAN
HAN
QU'EST-CE QUI T'ARRIVE, BUNSHI-CHI ?
ON DIRAIT QUE QUELQU'UN VIENT DE TE COUPER EN DEUX !
HAN !
HAN !
NON !
J'AI PAS RÊVÉ ! LÀ, MAINTENANT !
HAN !

LA DÉTERMINATION DE SHIN EST TELLE QUE SON OPPOSANT SE VOIT DÉJÀ MIS EN PIÈCES.
UN REGARD SUFFIT.
!!
REIKI, LE KATANA DU CÉRÉMONIAL.
L'AUTRE A BEAU ÊTRE TRÈS FORT, SHIN A EN SA POSSESSION L'OEIL DU DRAGON ET...
S'IL VOULAIT, IL LUI SUFFIRAIT DE QUELQUES SECONDES POUR MASSACRER SON ADVERSAIRE.
TU...
ESPÈCE DE SALAUD !
TU...
LES BONNES MANIÈRES ...? ♡
C'EST ÇA QU'ON APPELLE AU JAPON...

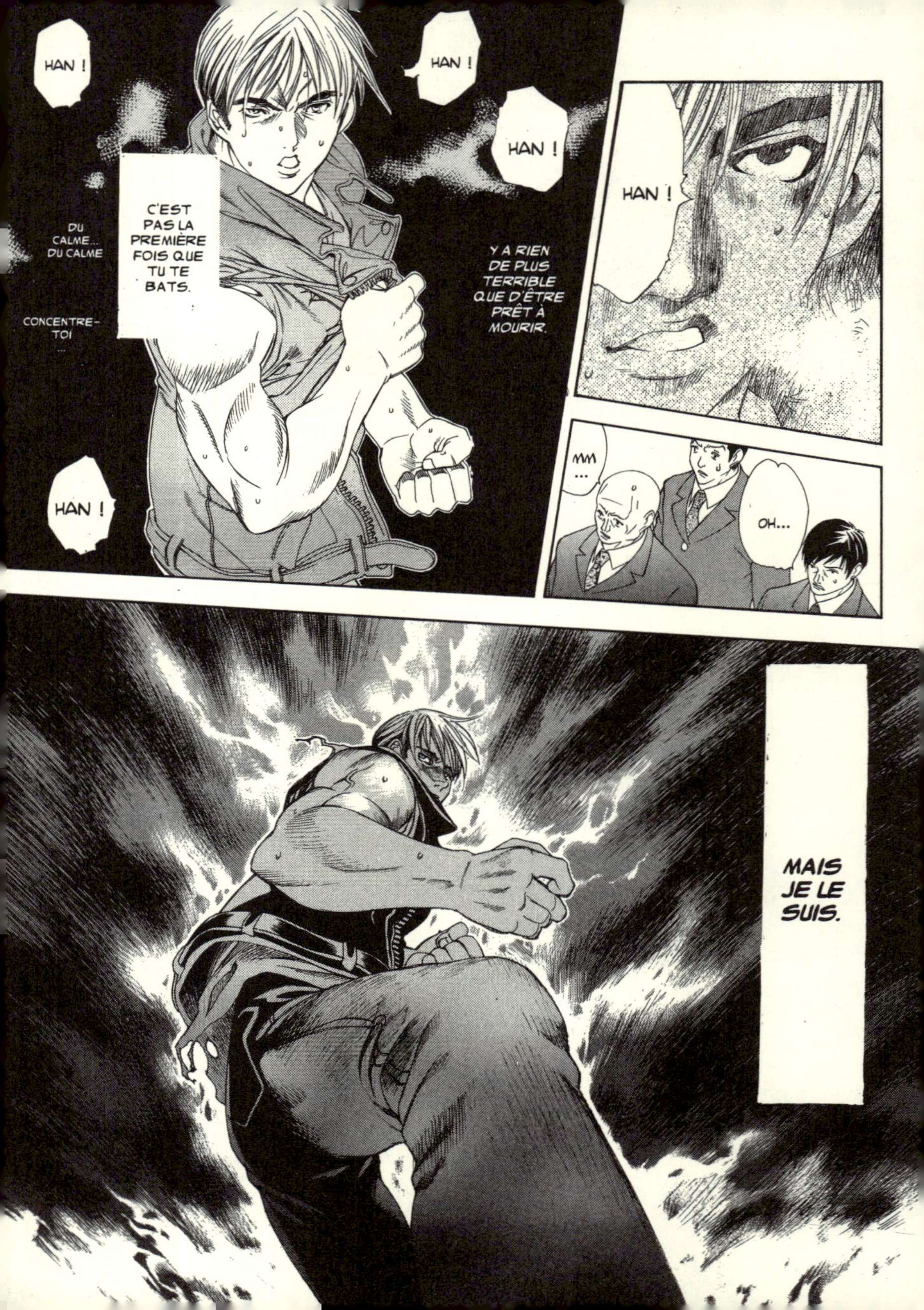
HAN !
OH...
MM ...
HAN !
HAN !
HAN !
Y A RIEN DE PLUS TERRIBLE QUE D'ÊTRE PRÊT À MOURIR.
C'EST PAS LA PREMIÈRE FOIS QUE TU TE BATS.
DU CALME... DU CALME
CONCENTRE-TOI ...
HAN !
MAIS JE LE SUIS.

PLIIC
NGH !
ZAP
ARGH !
WAAASH
QUAND ILS ONT DES ENNUIS, LES GENS DE CE PAYS DISENT QU'ILS SONT PRÊTS À MOURIR MAIS...
... C'EST UNE FAÇON DE PARLER.
SI ON GAGNAIT JUSTE PARCE QU'ON EN A ENVIE, À QUOI ÇA SERVIRAIT D'APPRENDRE À SE BATTRE ?

AAAH !
NGH...!
SLIIIR
WUIIP

HIN !
MERDE... IL RIGOLE PAS...
GOUGH !
ZUM
IL VEUT VRAIMENT LE TUER...

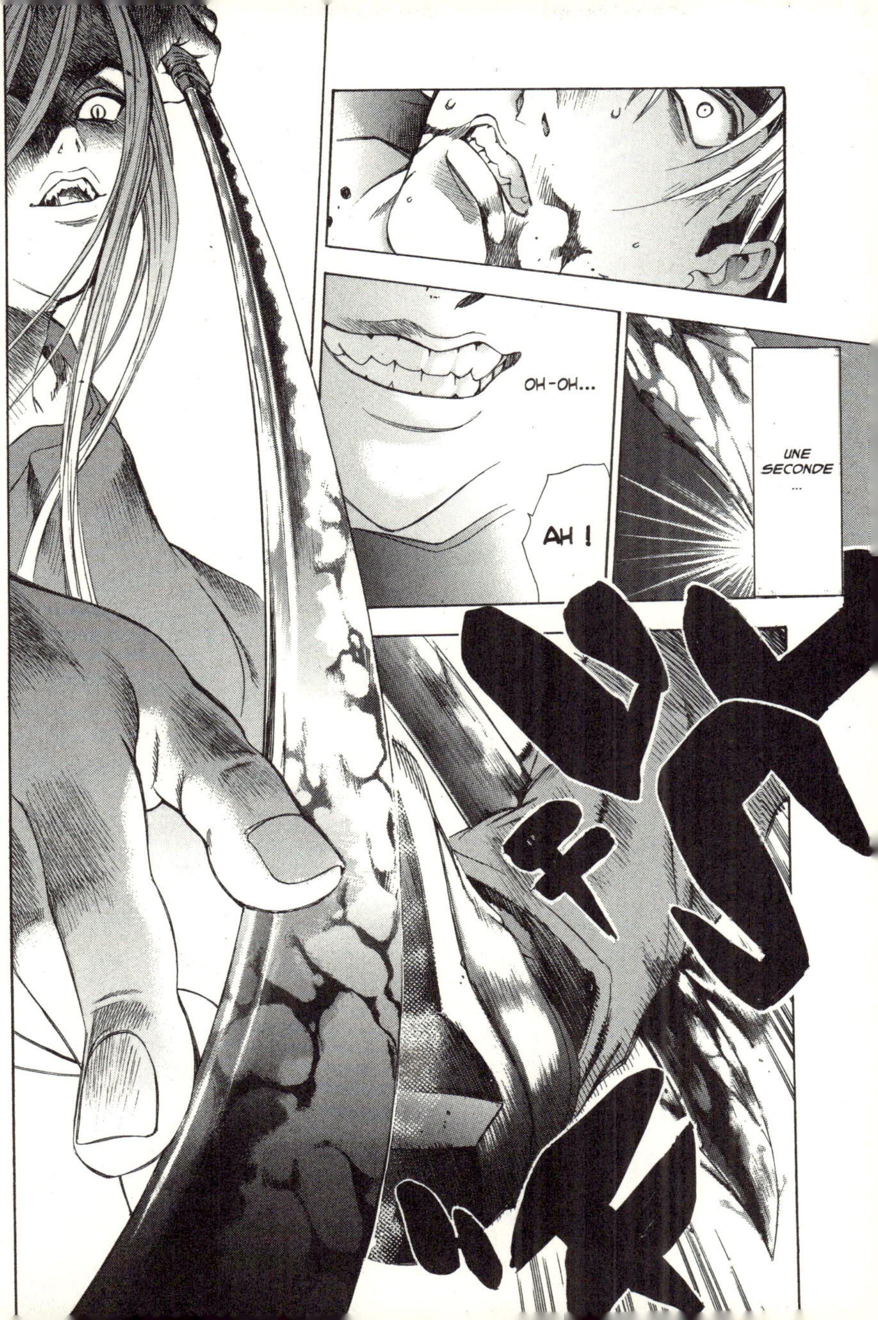
OH-OH...
AH !
UNE SECONDE ...

ARGH !
AH !
BLOTCH
MM...
FU... MONSIEUR FU...
URGH !
AAAH !
HIN !
AH !
HIN, HIN !
GUAAH !
HIN !
AAAH !

AH, AH, AH !
AH, AH !
DEPUIS DIX ANS QU'IL ÉTUDIE LES ARTS MARTIAUX, SHIN A FAIT PREUVE DE CONSTANCE ET DE SÉRIEUX.
SEPT RÈGLES RÉGISSENT L'ART DU COMBAT : COURAGE, VERTU, HONNÊTETÉ, SAGESSE, ÉTIQUETTE, RECONNAISSANCE ET NOM.
JE N'AI PAS UTILISÉ LA FORCE À BON ESCIENT ET ÇA FAIT MAL.
MANA, JE...
MAIS...
IL Y A QUELQUE CHOSE D'ATROCE ...
... ET DE TERRIFIANT EN LUI.

LES COMBATTANTS...
... ET LES ÊTRES HUMAINS...
... PASSENT LEUR TEMPS À EXALTER LA VIOLENCE.
CELUI À QUI RIEN NI PERSONNE NE RÉSISTE...
LE PLUS FORT DE L'INSTITUT ...

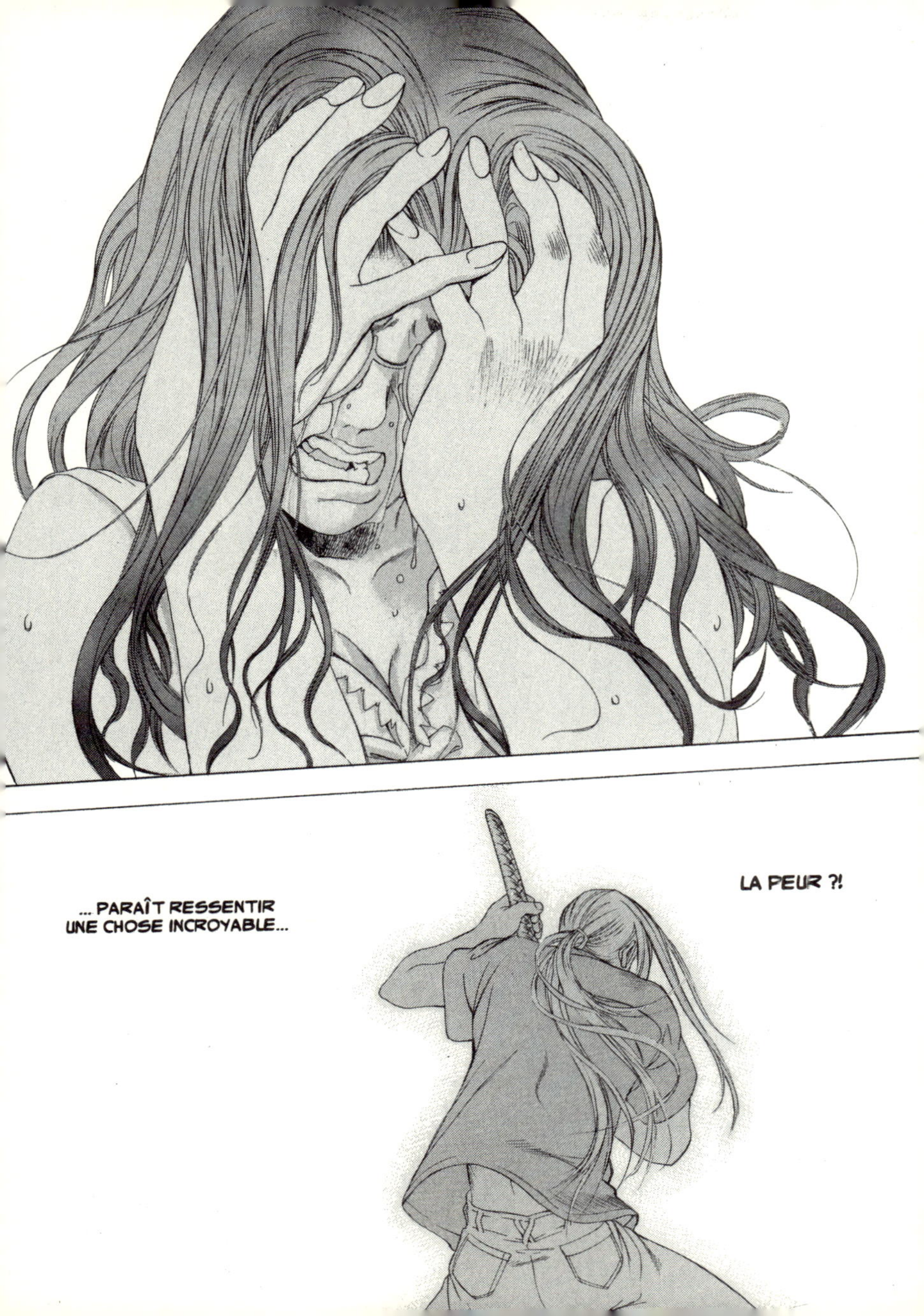
... PARAÎT RESSENTIR UNE CHOSE INCROYABLE...
LA PEUR ?!

SCRATCH
SCRATCH
SCRATCH

EMMENEZ-LE À L'HÔPITAL, VITE.
TRÈS BIEN.
TU CROIS QU'IL S'EST CALMÉ ?
AH !
JE VOUS DEMANDE PARDON.
SHIN...

SLA
AAF
TES ACCÈS DE FOLIE SONT ABSOLUMENT IMPARDON-NABLES !
MÊME NOUS, ON N'ARRIVE PLUS À TE SUIVRE.
JE GARDERAI CE KATANA QUELQUE TEMPS.
CLUTCH
LÂCHE-LE !
C'EST UN ORDRE !

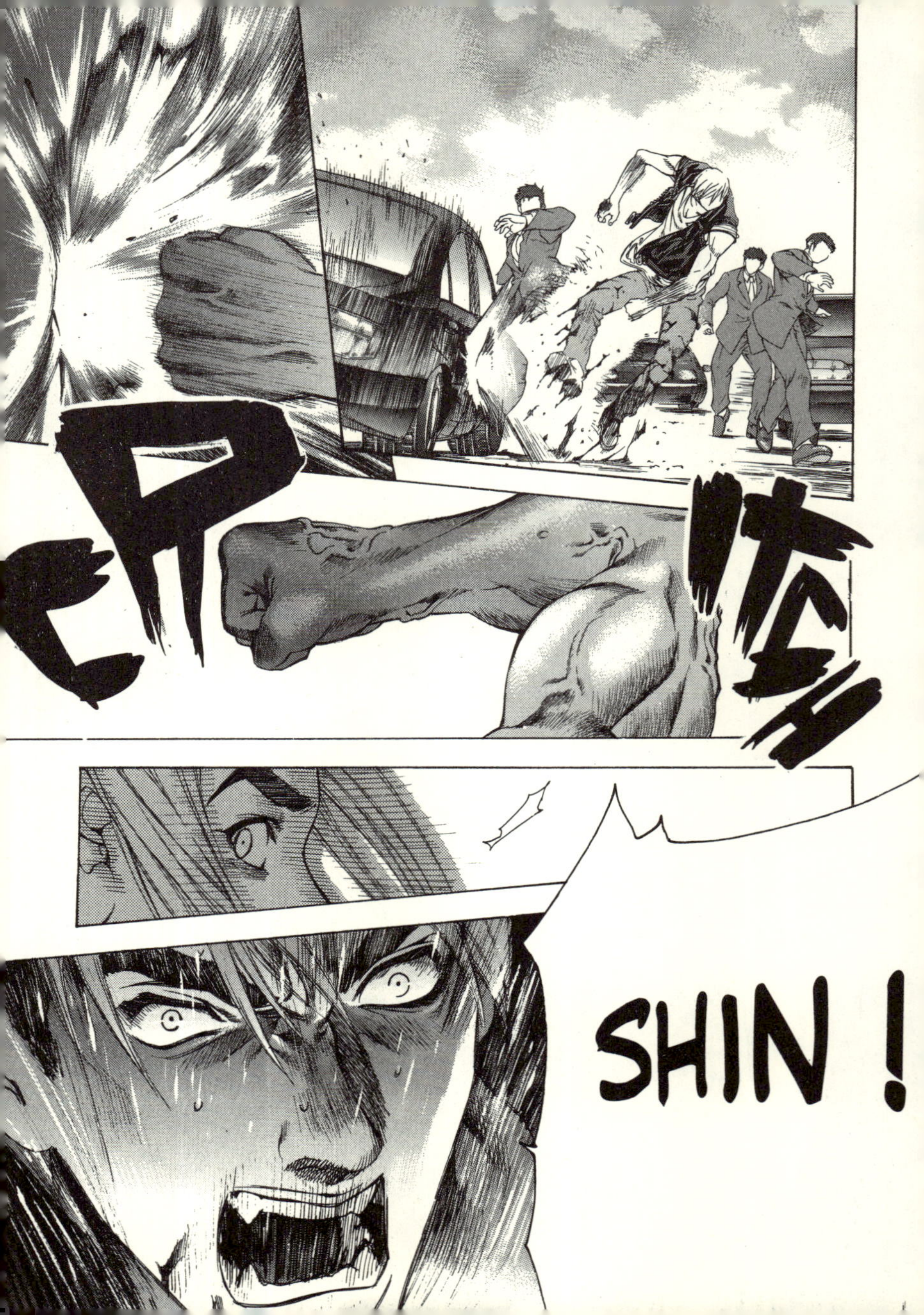
CRACK
SHIN !

MAIS...
QUE...?
...
KOF !
STUNF
HIN, HIN, HIN !
J'EN ÉTAIS SÛR !
JE L'AI COMPRIS EN VOYANT LE FILM !

TU VOULAIS ME TUER POUR GARDER LE SECRET, PAS VRAI ?
L'OEIL DU DRAGON DONT IL EST SI FIER...
CE POUVOIR, IL VIENT DU KATANA !
MAIS... T'ES MALADE !
T'AS FAIT ÇA...
... POUR QU'ON DÉCOUVRE PAS LA VÉRITÉ ?
AAARGH !
BLOOD
WOSH

DAHAAN
PLITCH
PLITCH
PLITCH
PLITCH PLITCH
JE VAIS TE CREVER, TU ENTENDS ?
ET QUAND JE DIS QUE JE SUIS PRÊT À MOURIR, JE LE PENSE, CHINETOQUE !

C'EST À MOI QU'IL PAR-LE ?
...
SKRUSH
...
MÊME BLESSÉ...
JE VAIS T'EXPLOSER D'UN SEUL COUP DE POING !
LUI RENDS PAS...
SINON IL VA PERDRE.

SHIN !

BLOCH
PLIC
TOC
RÉVEILLE-TOI.
ENFER & PARADIS

LE GAG HOMMAGE

MAIS OÙ SONT PASSÉS LES PERSONNAGES PRINCIPAUX ?

LE RÉDACTEUR

EH, EMPAFÉ, J'ARRIVE PLUS À SORTIR !

TOUS LES RÉDACTEURS EN CHEF

BONJOUR...
ON VA FAIRE LE MAXIMUM...
UN CERTAIN JOUR, UN CERTAIN MOIS...
ET VOILÀ DEUX NOUVELLES ASSISTANTES D'UN COUP !
SMILE
S'IL LE FAUT VRAIMENT...
UHH...
J'AI HONTE...
EHHHHH ! ♥
VOUS SEREZ MES MODÈLES.
VOUS POUVEZ PRENDRE LA POSE ?
WIP
EHEH
SMILE
JE VEUX BIEN, ALORS.
SWOUA
SWUP
ON PENSAIT QUE L'ATMOSPHÈRE SE DÉTENDRAIT AU BUREAU.
CRI CRI CRI CRI CRI CRI CRI CRI CRI CRI CRI
DAANNNNNNN
EN-CORE PLUS TEN-DU.
C'EST TEN-DU.
CRI CRI CRI CRI CRI CRI CRI CRI CRI CRI CRI CRI
ON NE LES VOIT PRESQUE PAS DANS CE NUMÉRO.
EH, COOL, BOUM BOUM...
ILS NE SONT PAS CONTENTS ...
VOICI LES HÉROS.
ALORS, J'AI FAIT UN DESSIN EN COULEUR SUR UNE DOUBLE PAGE.
IL N'Y A PAS GRAND-CHOSE À FAIRE...
ICI
TUM TUM TUM
TAK TAK TAK
QUEST VII
ALORS, NAGI, IL ATTENDRA !
JE DOIS SAUVER LE MONDE...
OUI, UNE MINUTE !
IL VIENT, CE DESSIN ?!
ALORS ?! ET NAGI ?!
NETTE DÉFAITE DE SOICHIRO ET BOB FACE À DRAGON-QUEST !!
TAK TAK TAK TAK

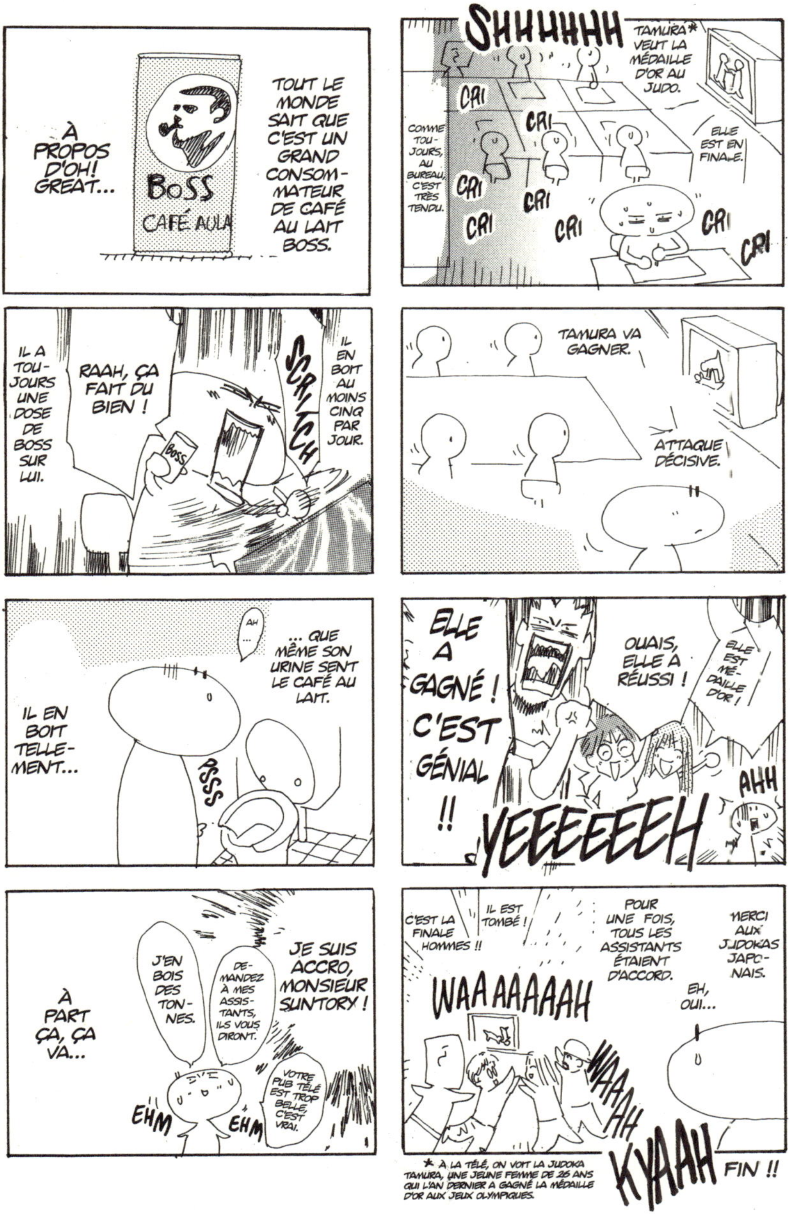

* À LA TÉLÉ, ON VOIT LA JUDOKA TAMURA, UNE JEUNE FEMME DE 26 ANS QUI L'AN DERNIER A GAGNÉ LA MÉDAILLE D'OR AUX JEUX OLYMPIQUES.

ENFER&PARADIS

Oh! great

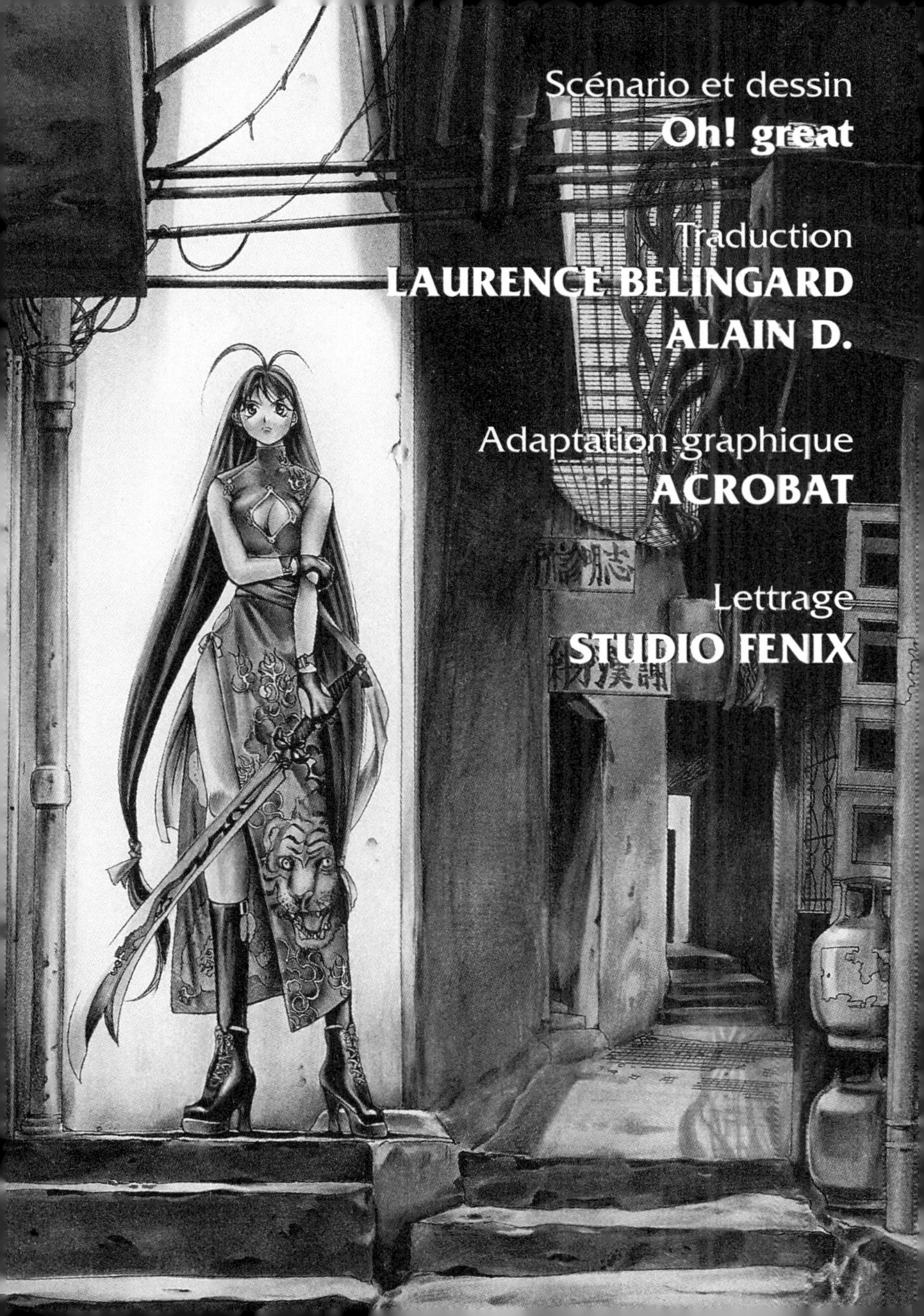

Scénario et dessin
Oh! great

Traduction
LAURENCE BELINGARD
ALAIN D.

Adaptation graphique
ACROBAT

Lettrage
STUDIO FENIX

Directeur de l'édition française
ALAIN GUERRINI

Directeur éditorial européen
MARCO M. LUPOI

Rédacteur en chef
SÉBASTIEN DALLAIN

Promotion
PIERRE-JEAN REBOTON

Contrôle de gestion
JOHN SCALA

Coordinatrice éditoriale
ANNA RODELLA

Directeur artistique
ROBERTO RUBBI

Concepteur graphique
DRZ

Maquettiste
SABRINA PIU

Avec la collaboration de
LAURENCE BELINGARD, MATTHIAS DAGORNE,
MARIE-PAULE GARCIA, ASTRID JODKOWSKI
et de toute l'équipe de Génération Comics

ENFER & PARADIS 5
ISBN : 2-84538-185-9

Un ouvrage GÉNÉRATION COMICS/PANINI FRANCE S.A.

Commercialisation et relations média :
PANINI FRANCE
Z.I. SECTEUR D - B.P. 62 - 06702 SAINT-LAURENT-DU-VAR CEDEX
Tél. 04 92 12 57 57 / Fax 04 92 12 57 58

Diffusion : MAKASSAR
Tél. 01 40 33 69 69

Titre original : Tenjou Tenge

Impression : Tipografia Gravinese s.n.c., TORINO.
Printed in Italy/Imprimé en Italie.

Merci à **CHIGUSA OGINO** et **ALICE ITOH** de Tuttle-Mori Agency, Inc., Tokyo pour leur précieuse collaboration.

8,99 €